奥斯维辛的
小提琴手

[法]让-雅克·费尔斯坦 著

魏微 译

浙江人民出版社

图书在版编目（CIP）数据

奥斯维辛的小提琴手 /（法）让-雅克·费尔斯坦著；魏微译. — 杭州：浙江人民出版社，2024.1
ISBN 978-7-213-11248-5

Ⅰ.①奥… Ⅱ.①让… ②魏… Ⅲ.①纪实文学－法国－现代 Ⅳ.① I565.55

中国国家版本馆 CIP 数据核字（2023）第 214660 号

浙江省版权局著作权合同登记章
图字：11-2022-348号

Copyright © Éditions lmago, 2010, Simplified Chinese rights arranged by Cristina Prepelita Chiarasini, www.agencelitteraire-cgr.com, through Peony Literary Agency.

奥斯维辛的小提琴手
AOSIWEIXIN DE XIAOTIQINSHOU

[法] 让-雅克·费尔斯坦 著 魏 微 译

出版发行：浙江人民出版社（杭州市体育场路347号 邮编：310006）
　　　　　市场部电话：（0571）85061682　85176516
责任编辑：尚 婧　魏 力
特约编辑：瑰 夏　涂继文
营销编辑：陈雯怡　张紫懿　陈芊如
责任校对：陈 春
责任印务：幸天骄
封面设计：天津北极光设计工作室
电脑制版：北京之江文化传媒有限公司
印　　刷：杭州捷派印务有限公司
开　　本：880毫米×1230毫米　1/32　　印　张：9.75
字　　数：168千字　　　　　　　　　　 插　页：1
版　　次：2024年1月第1版　　　　　　 印　次：2024年1月第1次印刷
书　　号：ISBN 978-7-213-11248-5
定　　价：68.00元

如发现印装质量问题，影响阅读，请与市场部联系调换。

目录
CONTENTS

序言 — 001

1 伊莲娜与维奥莉特 — 035

2 周年纪念日 — 065

3 恰空舞曲 — 083

4 言语的重量 — 101

5 管弦乐团 — 133

6 阿尔玛 — 149

7	美发师与美容院：『巴黎美人』	169
8	第二小提琴手	181
9	极乐世界的女儿	197
10	波兰舞曲	221
11	天鹅将死	247
12	西尔维亚	259

后　记	奥斯维辛集中营女子管弦乐团成员	乐团部分演奏曲目	译后记
267	287	293	295

让－雅克·费尔斯坦和母亲在一起

序 言

科隆，1958 年夏

  天空灰蒙蒙，布满芥末黄的条纹，那是我连连噩梦的颜色。活着就是一场噩梦。我们成千上万人挤在一起，赤身裸体，在看不到尽头的空地上挤成一团。虽然是在空旷之地，却有连连不断的哀号声，从成千上万人的哭喊声中传来，就像在偌大的浴室里，被光滑墙面反射，形成回响一样。您就在我身后，在能听到我说话的地方：放眼周围，只有您让我感到安心。您没有和我说话，只是着急忙慌地环顾四周。也许您甚至不知道我在这里？不知道从哪来的一阵推搡，把我们统统推向一处金属门廊，俯瞰下方，是一段楼梯。我们仍然挤在一起，一步一步，往上迈着步子，你推我挤，哭声喊声更加刺耳。越往上走，我越心慌。身边的哭喊声震破我的耳膜。我们沿着一条通往虚空的走廊往前走。走在我前面的那些人消失了；您也不见了。我没有办法，只能任自己坠入这虚无。我看到我们攀爬的整个金属结构只不过是一块巨型跳板。跳板下方是游泳池，白色的是陶瓷砖，蓝色的是泳道标志线。颜色清晰，线条分明。泳池里没有水，可我们不得不跳下去；跳下去，自己了断自己……

我从噩梦中醒来，吓得大口喘气。只有我自己一个人，您在上班。

对童年的我来说，这个梦是大规模屠杀——我们被纳粹伤得千疮百孔之后，投射到现实中的第一个片段。我脑海中构建的这番灾难景象，除了在渴求和您更亲近的过程中收集到的零星，没有任何其他细节。您打定主意，不向我透露您在我出生之前那几年遭遇的林林总总。当时我心里有很多奇奇怪怪的念头，不过见过您的痛苦之后，我明白这种恐怖不是什么头上长角的恶魔，也不是什么飞天的暴龙或者口吐白沫的恶狼，虽然在小孩子的脑海中，这些形象通常都是恐怖的代名词。我内心深处明白，这场灾难必定是一场荒唐可笑又难以名状的噩梦，还打着什么技术和保健的幌子，就像纳粹的屠杀，还有那些策划这场屠杀的人一样。

我对您是如此依赖，每寸神经、每个细胞都如此依赖，您却全然没有重视我的感受，久而久之，我们之间有了隔阂。您的内心被伤得如此彻底，甚至不知道该如何安放那段回忆，更别说讲给我听了。

您亲身经历和见证了那段历史，您的手臂还有曾经刺下的伤疤，那是一个由五个数字组成的编号，数字下面是倒三角形，就文在您的左臂外侧，距离肘关节十厘米处。这排蓝黑色的数字编号很小很小，但这些数字的每一笔每一画都像是一道切口，刻下不可告人的罪行。

同样让我震撼的还有您老是做噩梦，从梦中尖叫着醒来，您还会出现幻觉，我的父亲却无能为力，没法安抚您。我明白，我们不该讨论这个话题。我要很久之后才知道，有时候我睡前和您亲吻道晚安，居然能神奇地赶走您的噩梦，哪怕我心里还赌着气，哪怕我们白天闹得多么不愉快。还有一个毛病也拉近了我和您的距离，那就是偏头痛。您被偏头痛折磨得厉害，犯起病来就会把靠近您的人推得远远的。我对此无法释怀，所以也犯上了这个毛病：这是我唯一不用把自己搞得遍体鳞伤，就从您那里得到的东西。

我早就知道，您不可能一直在我身边，也不可能一直体察我的心情。我明白，您已经尽力了，我怎么好一味索取更多。从您的一言一行，还有周围种种暗示，我清清楚楚地知道，我没有权利为此感到沮丧。在您遭受过那般惨痛之后，我的需求微不足道。

* * *

那时候，我们一大家子住在一座小房子里，没跟别人家挨着。家里其他人一副想要保护您的样子——我总是管他们叫您的娘家人，结果却加深了我们之间的隔阂。为什么会这样？他们有什么权利横亘在我们之间？一开始是隔在您、父亲和我之间，您和父亲离婚之后，又隔在我和您之间。别人凭什么对我们有意见？您凭什么放任他们的指指点点？作为小孩子，我的期望无疑有点成熟，我的要求无疑太高，我的痛苦对您来说太过尖锐，以至于您要么无动于衷，要么大发脾气，除此之外无能为力。所以，您忙得不可开交的时候，只好把我交给别人照看……

在我需要您的时候，我没有感受到足够的温暖，没有得到足够的安慰，也没有人多说几句，把事情解释清楚。我童年提出的疑问，总是一而再再而三地被置之不理，就这样，您的过去，我的身份，成了禁忌。

从记事起，我就有这样的感觉——随时提防着，等待着一场可能会降临的灾难，最好的结果是我会和您分开，而最坏的结果是我们两人都会死。这件事情不能说出口，而在我出生之前，您就已经背负着这种忐忑不安的命运。

我呼唤您，您却没有回应我，至少回应得不够。这种挫败感如此令人难受，对周围的人藏得如此深，无疑给我的一生都打上了烙印——我心想，您不是圣人吗？照理会回应我啊！

* * *

您就让我在这样的静默中长大，我只能记得当时房子的几处细节，室内是20世纪50年代中规中矩的那种风格：墙上挂着一幅孩子的肖像画，还放了一些书。这幅画是用红色粉笔和蜡笔在手工纸上画的，画中是一个三岁孩子——莉迪娅（Lydia），站在（比利时）克诺克的海滩上。小女孩穿着一身灰色套装，一头金发剪成20世纪20年代那种发型，衬着红润、圆嘟嘟的脸庞。她身上的婴儿肥还没褪去，还留着小婴儿长成儿童前的圆润。这幅画的作者毫无名气，听说是"美好年代"（"Belle Époque"）结束的那个夏天，莉迪娅当选"海滩最美丽的孩子"后赢得的奖品。这幅画装裱得好好的，挂在客厅，旁边是那架没有调音的钢琴，后墙上挂着那幅令人讨厌、有些佛兰芒风格的《静物与野鸡》（*Still Life with Pheasant*），总是背着光。这个房间我们只能走过，不能逗留，"免得把东西搞坏"。

房子里还放了大概30本小说：大仲马的《火枪手》三部曲、路易·阿梅德·阿查德（Louis Amédéé Achard）的《拉盖尔先生的阴谋》（*Les Coups d'épée de Mousieur de la Guerche*）和《美丽的玫瑰》（*Belle-Rose*），此外还有塞居尔伯爵夫人的全部作品。这些小说用蓝色或棕色的纸包着，上面贴着小学生用的标签，用钢笔小心翼翼地写着书名，看起来就像那些曾经被人捧在手心，后来又被遗忘在角落的书。这些书跟肖像画不同，没有放在客厅，而是放在了一个木头柜子里，那个柜子占了厨房一整面墙。这些是"莉迪娅姨妈的书"。我贪婪地阅读着，像对待遗物一样对待它们。这些书确实是遗物，不过我当时并不知道。

就这样，我能记起的有：一张小女孩的肖像画，一个快要步入青春期的女孩的书，还有一个大人般的称呼，"莉迪娅姨妈"。同一个神秘人物，三个不同的年龄阶段。她那么年轻，还当不了谁的姨妈，没人打算告诉我她是谁、她在哪儿，尤其是您，更是闭口不谈。

直到很久以后，我才把莉迪娅和这段隐晦的过去联系在一起。在那之前,我经历了一系列特殊变故,有段时间深陷那场让家中无人幸免的浩劫,只是我当时不自知。

* * *

请原谅我如此直截了当地告诉您,您既遭受了历史给您的切肤之痛,又遭受了家庭生活的折磨,可是家庭变故对我来说,就像纳粹的屠杀一样惨烈。在我小小的宇宙中,我自己就是那个飘飘摇摇的中心,您和父亲则构成了这个宇宙的其他部分。这个宇宙摇摆不定,我们三个人都不够强大,您和父亲离婚摧毁了我内心仅剩的一点安全感。

那时我老是做噩梦,梦里全是支离破碎的景象。城市燃起熊熊大火,我在废墟中,在被摧毁殆尽、永远无法复原的城市里,寻找您和父亲。您离开我,去了德国,我渴求的最后一点温情被吹散到四面八方。我还没有做好心理准备,您就去了德国,就像我还没准备好,你们就分居了。您离开这个家,好像在逃离什么东西一样,我当时只好去了其他能收留我的地方,也就是人们平时说的"儿童之家"。这个儿童之家位于英吉利海峡沿岸,是为犹太儿童建的孤儿院,我在那里第一次听说第二次世界大战的概念,也第一次孤身一人。

我心惊胆战,在迷雾中度过了两个月。我的身体不听使唤,老是尿床,好像这样才能证明我活着。要是没有好心人收留,我就会迷路,或者我拥有的一切都会被偷走。我在想,要等到什么时候,要遇到什么样的机会,我才能见到您。您去的德国,我和您对这个国家都抱有情绪。这事让我痛苦了很久,毫无疑问,您也因此饱受痛苦。

您的离开让我深深地感到被放逐。与您分隔两地,让反复折磨我的焦虑变成现实:一列火车载着您离开,我的手臂悬空,无法逃脱,永远被孤零零地遗弃在站台上。

后来,您在科隆开了一家美容院,我得知自己可以定期去科隆看望您时,又能盼着长大这回事了。有时我跟父亲住,有时和您住,不得不在两种不同的环境下生活。我九岁时,不得不独自穿越半个欧洲去找您。尽管如此,我还是在这样的夹缝中长大,而且这样我不用失去你们俩当中的任何一人……只要您到车站或机场来接我,就说明我不会失去您。虽然我一直不敢肯定,事情是不是像我想的那样简单。

每当看到科隆大教堂的双尖塔越来越近,就说明马上要到站了,也总是让我脑海里出现同一个荒谬的问题:"我到站的时候,妈妈会在那里接我吗?要是妈妈没来接我,谁帮我把行李箱从行李架上拿下来呢?"我当时用够不够得着行李箱来判断自己是否长大;后来有一天,我终于够得着行

动身去科隆

李架上那个命运多舛的行李箱了。每次出发前,父亲都会给我一张车票,上面写着:"**我的名字叫让-雅克,我的母亲住在哈布斯堡林街18—20号,她的电话号码是23 22 01**"。这些文字让我有这样的念头:我到站的时候,您可能不会来接我……

看到我学校门口那块大理石纪念匾,还有卓别林的《大独裁者》(*The Great Dictator*),事情的真相浮出水面。为了纪念1942年被驱逐出境、没人活着回来的学生和老师,学校立了这块匾。在我们这样的家庭，我不可能没有听说过"驱逐出境"这个词。不可否认，您和您的娘家人有一种默契，我们不该谈论"以前"、以前的人或者发生在他们身上的事情，但这种"默契"阻挡不了家里人时不时谈到"驱逐出境"的事。很久以后我推测，当您——"幸运的埃尔莎"从贝尔森集中营活着回来，而您的父亲、莉迪娅还有她的父母罗莎（Rosa，我外婆的姐姐）和大卫却没能从奥斯维辛集中营活着回来，家里人就达成了闭口不谈的默契。这种默契让您继续活下去，虽然活得很不容易，这种默契也是为了保护我——家里第一个在"二战后"出生的人。我也很懂事，只要家里人谈起那些事，我就闭耳不听。

不过有时家庭聚会，我会突然听到家里十个大人在叽里咕噜说着什么，就像小孩子互相交换不可告人的秘密一样。那些大人在讲跟"那个词"有关的事情，压低声音说着莉迪娅和罗莎的名字，但从来没提到过大卫或者您父亲的名字。那之后，我就被送到其他地方读书了。

渐渐地，"那个词"，那段被驱逐出境、没人活着回来的往事老是出现在他们口中——虽然他们遮遮掩掩，但我还是零星听到一些片段，而且我开始明白那些谈话内容。我凭着直觉，猜测"莉迪娅姨妈"身上肯定发生了什么事。我称呼她为"姨妈"，并非因为她是大人，而是因为这位永远年轻的小莉迪娅**本应该**长大成人，**本应该**听到我叫她一句姨妈。这个短暂生命所承载的期望曾如何破灭，细节我不得而知。这个死得无影无踪的小女孩，就是纳粹用斧头在历史上砍下的缺口，在我们家族挖出的空洞。这个空洞，显然没有任何东西可以填补，这道伤口，也从来没人谈起，所以更加令人痛楚。

《大独裁者》在巴黎上映。也许后人只会把这部电影当成对卓别林奇妙构想的追思，但我不得不说：在我眼中，卓别林把托曼尼亚的希克勒"演活了"，希特勒本人倒成了漫画人物。对我来说，很难把万字符看成纳粹主义的象征，电影中卓别林臂章上的万字符，倒更像白圈中交义的两个十字。希克勒完美诠释了那个叫嚣着仇恨和谋杀的人，他那日耳曼式的打嗝声没能让我发笑。这部电影——甚至早于真实的历史惨剧上映！——对我来说是第一部有关大屠杀机制的"纪录片"。

* * *

安德烈·施瓦茨-巴尔特（André Schwartz-Bart）的《最后的正义》（*The Last of the Just*）刚刚获得龚古尔文学奖，班主任给我们读了该书最后一章，说的是男女老少都在一个伪装成淋浴间的毒气室被杀害。所有人，无论年龄，无论男女，都在黑暗中死去。老师的描述令人瞠目结舌，让我做起新的噩梦。我梦中的景象更加逼真、更加冰冷，可怕的程度丝毫不减。

大约也是那段时间，班上一个叫迪迪埃（Didier）的同学老是说起他在家里听说过的一个地方，"克维茨"（Chvitz）。不管是在院子里，在吃饭时，还是在课堂上，他都在说那个地方。我们听了他的一些描述，很是好奇。人们会受尽难以言表的折磨，然后死在"克维茨"，但没人能在时空中找到它。可是，这个"克维茨"的的确确存在于某个地方，而且这个地方比阿里巴巴的洞穴、皮奇波伊①或《奥德赛》中独眼巨人的巢穴更真实——迪迪埃似乎对自己说的那些东西很有把握。重要的不是迪迪埃说了什么，而是他说的东西唤醒了我的记忆。在我为类似"克维茨"的恐怖感到震撼的同时，这种恐怖记忆也植入我体内。

我没有把这件事情告诉父亲，我想等到了科隆再问您是否听说过这个"克维茨"。一位比利时朋友听到我问您这个问题时，做了一个人人皆知的手势：用拇指指甲划过喉咙，

---

① 这是一处想象中的地方，法国流离失所的犹太人认为自己会被驱逐到这个地方。

从嘴里发出令人作呕的声音。"嘘！"您立即制止我，我的疑问顿时被摁灭，不过您的态度等于默认了我朋友对"克维茨"的种种描述。

不知不觉中，这些零星的描述，通过混沌的方式，将头头尾尾串在一起：从莉迪娅到驱逐出境，再从驱逐出境到"克维茨"。我渐渐读懂您传递给我的微妙信息，这种微妙让我成为被缓期处刑的死囚犯：我是犹太人。

现在我终于能告诉您，有很长一段时间，犹太人的身份对我来说就是危险的包袱：最好不要让别人发现自己是犹太人。我现在还能记起，在科隆大街上，一群孩子想把我逼进一座教堂，我在想，要不要承认**为什么**自己低人一等……不知不觉，我就这样接受了犹太人区对犹太人司空见惯的欺辱，在凌辱面前低下头，在拳打脚踢之下弓起背。

在这摊矛盾而痛苦的泥潭中，我仍然不得不面对世界历史和家庭历史碰撞的时刻。当然，这一切都发生在德国。

我至今仍想不通您为何回到那个国家，您在那里显得格格不入。虽然我们经常去德国度假，但要在那里定居，还是让人接受不了……您工作起来，就像一头拉货的骡子一样累。毕竟在科隆开一家名叫"巴黎美人"的美容院，好比赌博，胜算很小。渐渐地，我发现您和顾客讲德语时，法国口音越来越重。您和她们聊天经常说"eh？"和"non！"我不知道您是为了做生意而刻意改变口音,还是想拉开您和顾客之间的距离。

您少数几位朋友都是法国人,至少是讲法语的人,所以您在科隆的处境相当微妙。您和家里人隔得远,所以您想怎样过日子就怎样过日子,哪怕过得不是那么中规中矩,也不会有亲戚指手画脚。可是您在这里没交到多少朋友,没有家的感觉。我理解这种特别的处境,既靠近又游离,您对我也是这种态度,我对我自己也经常这样。

好在"巴黎美人"的生意兴隆起来,"小个子法国女人"在科隆有了名气。一开始,为了节省开支,打点生意更方便,您住在美容院——睡在休息室那张浅蓝色的沙发上。后来有了像样的住处:您上班的时候,我可以自己待着,看看书。您不知道该怎样把我介绍给同龄孩子,我也不懂得该怎样交朋友。我不是个害羞的人,性格甚至有点野。起初,我整天都待在美容院,除了黏在您身边,什么也干不了,甚至您给顾客做美容的时候,也黏着您。美容院那种柔滑而浓烈的香气让我感到沮丧:我依然只有自己一个人,来美容院的都是女人,只有我是男孩,或多或少跟店里慵懒的女人味格格不入。我年纪太小,没有哪个女人对我感兴趣,我对这里也不熟,只能和那些来美容院做美容的胖女人互道一声"您好"(Guten Tag)或"非常感谢"(Danke schön)。

您的朋友当中有一位名叫露丝（Ruth）的，对我非常重要。她是德国犹太人，战时一直东躲西藏，可以流利地讲两种语言。除了您的朋友——来自比利时的伊莲娜·韦尔尼克（Helene Wiernik）[2]和芬妮·科恩布鲁姆（Fanny Kornblum）之外，露丝无疑是您最亲近的人，尽管你们两人的风格完全不同。您个头小小的，身材丰满，一头红发，皮肤像牛奶一样白；而露丝瘦高，无论哪个季节，皮肤都是日晒之后的那种棕褐色。她漂亮、风趣、活泼又敏感，而且她有一种本领，懂得如何倾听，不妄下评判。您终于有了可以倾诉痛苦、倾诉您过往或当下的对象。

您喜欢露丝，她也喜欢您。我也喜欢露丝，因为您爱她，她是我当时唯一认识、对我另眼相待的成年人。

您在德国过得不容易，一来要赚钱和经营美容院，二来身份问题也会造成种种困扰。您童年有段时间在德国度过，亲眼看见野蛮主义的抬头。您知晓德语的所有音调和语调，您看得懂儿童诗歌的格式，会唱童谣，也听得懂党卫军和官僚在说什么。德语对您来说，不会是什么悦耳的语言。

直到20世纪60年代中期，科隆仍有战争的痕迹。这些

---

[2] 整本书中，乐团的女性成员均以她们被驱逐时的名字来称呼，大部分是她们的娘家姓。见第213页表格。

痕迹提醒您，当初野蛮人在这座城市耀武扬威，科隆也没有幸免于难。石头上的子弹痕迹，墙上的洞，废墟中的房屋，还有跟周围建筑相比太过崭新的楼房。那些上了年纪的男人身上也有迹可循，他们戴着黄色臂章，上面有三个黑点组成的三角形，表示他们是残疾人或盲人。我读过这方面的书，知道30年前这两种颜色的组合，即黄底黑字，代表着截然不同的命运：它是臭名昭著、会让人丧命的犹太人戳记。大人小孩打个招呼也会像日耳曼人那样，脚后跟踢踏着，粗暴地向前低头，这种方式总是让我跳起来，看起来好像在排斥您似的。

您肯定一直在想，这些体面的小老头15年前做了什么？我也想知道，但没有开口问您，也没有问那些上了年纪的男人。

人们的心灵也刻下伤痕。科隆的新犹太教堂落成前不久，外墙被涂上万字符和"犹太人滚出去"（Juden Raus）字样，给整个德国带来创伤，而那座教堂就在我们房子所在的那个广场的另一头。

* * *

那段历史依然鲜明。《安妮日记》（*The Diary of Anne*

Frank）舞台剧在德国上映时，我就明白了这一点。您想去看这部舞台剧，也想让我去看看。当时我的德语应付日常对话不成问题，但没去剧院之前我就知道自己会无聊，我什么也听不懂……我记得，尽管我强烈抗议，但一番软磨硬泡，您答应带我去看几场电影之后，您还是把我拉到了剧院。不出所料，我当时倍感无聊，倒是您对我说的话，才是那晚真正的剧情。您突然告诉我，自己也像安妮一样，被驱逐到贝尔根–贝尔森，还感染了斑疹伤寒，差点死在那里。

所以，您当时也在这个名字古怪的地方，可能遇到过像安妮·弗兰克（Anne Frank）这样大名鼎鼎的人物，本来可能死在那里。即使对熟悉德国的人来说——就像我一样——这个有四个音节、强烈押韵的名字：Ber-Gen-Bel-Sen，依然散发着黑暗的异国氛围。我们能管这种感觉叫创伤吗？您揭露过往的那一刻，依然鲜活恐怖，这种恐怖平时总是不知不觉袭过我的内心。是不是您的这番话，还有那四个重重的音节，接下来会勾勒出痛苦的轮廓呢？

我最大的痛苦之一在于，那是您一生中唯一一次向我透露关于您过往的只言片语。虽然那一次您只有寥寥数语，但我已经开始思考事情的来龙去脉，而不是仅仅靠噩梦来想象。您说的那些话，在我模糊的印象和各种各样的记忆碎片中落了脚：莉迪娅、纳粹主义、您以前的沉默、安妮·弗兰克，还有什么？虽然这一刻没有发生奇迹，那些时不时让我意难平的东西并没有首尾串连起来，不过，比起以前那种让我的焦虑一浪高过一浪的混乱状态，我眼前的迷雾从此好像拨开了一部分。您终于自己袒露了几句，要知道，您没告诉我的那些事情，就横亘在我们中间，让我们根本无法推心置腹地交谈。您唯一的这次袒露，一直让我感到遗憾，如果您选择说出一切，而不是独自沉默，事情会变成什么样子？

我读了很多书。一开始读的是《安妮日记》，后来又读了好几遍，也许我隐约希望翻开某一页能找到您。后来我读了《出埃及记》和里昂·尤里斯（Leon Uris）的《米拉18》（Mila 18）。其中一本从难民营幸存者的角度讲述了以色列国的诞生，另一本则讲述了华沙犹太人聚集区的起义。这些书中的人物都能一一对得上号，我童年的"克维茨"变成奥斯维辛，而我童年噩梦中的可怕景象竟然来自现实生活中的可爱诗歌。

您一直没告诉我的那些事情，我通过小说和目击者的叙述了解了几分。这种通过第三方了解真相的方式同样具有情感冲击力。如今历史资料数不胜数，但依然珍贵非常：我第一次听说的那份档案汇编于1960年运抵科隆，名字叫《我的奋斗》（Mein Kampf）。这本书的内容掺了很多水分，但发行时依然引起轩然大波，不过当局禁止16岁以下的人阅读此书，就像封杀当时最后一批"裸体"电影一样。

所有这些都不足以解释您的缺席，也不足以解释我们之间的沟通困难。**我们对此**无能为力，因为这种状态已经渐渐变成一种常态。我贪婪地阅读，想了解那些让您深受影响的事情，再加上当时刚刚兴起有关"集中营现象"的演讲，这些都让我不知不觉中拉开了和您的距离。我把自己也当成"被驱逐出境者"名单中无名无姓的一员，这样您的**过去**就不会那么显眼了。我对集中营那段"经历"的有关"知识"越来越多，我内心的重大疑问也有了答案，那是小孩通常都会问父母的问题："我是谁？"答案总是"我来自奥斯维辛，我的故事从那个地方开始，我的生命与那个地方相关，我的性格在那个地方形成，我的起源仍然停留在那里"——我带着这个答案生活了很久很久，太久太久。

那些折磨我的东西再次和其他痛苦交织在一起。我想知道别人是怎么看的，我想知道评判好坏的标准。因为您和您的娘家人都保持沉默，所以我不知道您到底是谁，那种沉默依然笼罩着您的整个生活，所有这一切，也让我过得很艰难，而且是毫不夸张的艰难。我经历两次重大危机之后，才更加理解您的那段往事：一个是令人头疼的青春期，一个是1964年。

您在科隆那段时间，眼前的未来一片黑暗。您认为自己上了年纪，也感到孤独，这番景象让您害怕。您想再婚，关键是再生一个孩子。可能的话，最好是女孩，就像那个失踪的女孩一样，取名"莉迪娅"，就当是对过去的最后补偿。

您找了几次对象，都以失败告终。您的娘家人从美国偏远乡下给您找了个丈夫——给未来的莉迪娅找了个父亲。那桩婚事定下来的时候，您大概没有勇气亲自告诉我，而是希望其他人转告我，用各种方式向我解释，您这么做有自己的苦衷。

我眼前又浮现出我们四个人围在家里客厅桌子旁的情形：我们两个，还有您的母亲和继父。您的继父当着您的面，开玩笑问我如果您再婚，我会怎么想？您沉默不语，一副无所谓的样子。那一刻真是太悲哀了，就像意大利喜剧中的某个场景一样。世界颠倒了。说得直白点，他们是在征求我的同意，同意您再婚，然后搬到离我一万公里的地方。

从谈话一开始，我就知道这事不是玩笑，而且你们可能早就做好了决定。我的内心就像果冻一样脆弱，我还在安慰自己，只要不失去您就好，我哪里有其他选择，只能认命。所以我只能盼着，在最好的情况下，一年能见上您一次：20世纪60年代初，去一趟美国要花太多钱。当时我没有能力去抱怨，甚至没有能力去承认别人这样看轻我，这种感觉至今让我自己感到惊讶和反感。

这桩没有感情的形式婚姻，居然要征求我的同意。无奈之下，我愤怒地反抗那些不能忍受您自由自在生活的人，尤其是那些把您从我身边带走的人。35年之后，我仍然在想，您是不是曾暗地里希望我假装癫痫发作，要不就是用撒泼打滚的方式来要挟：这样就能趁势帮您或者逼您下定决心，您就能表明自己不得不反抗，因为自己的儿子也需要妈妈在身边。我那时候却保持沉默，我无法原谅自己，但我的愤怒不仅针对您，也针对我自己。除了继承您偏头痛的毛病之外，也许总是把自己放在第二位，也是从您那里继承来的？

最后您去了美国，结了婚。我去看您的时候，是1963年夏天，我的妹妹莉迪娅刚刚出生。我们很疏远：几乎见不到彼此，更别说交谈了。我去散步是一个人。我去看电影是一个人，去打保龄球也是一个人，在自己的房间看书也是一个人。您很累，产后恢复得不好，而且还要照顾那个小家伙。您和您丈夫还有女儿——我还没有把她当成我妹妹——住在美国中西部偏远小镇的一处小房子里，那里是俄克拉荷马州的费雷德里克，距离得克萨斯州达拉斯西南350公里，有一条长长的街道，3000名居民，30座教堂，一家电影院和一个游泳池，周围全是沙漠。据我所知，这里的主要社交活动似乎就是去邻居家串门、吃烧烤、欣赏别人家的冰箱。

我不理解您，而您能够表达对我感情的唯一方式就是送

在美国

我礼物。就这样我有了一支"派克"笔,是您送给我的,我现在还在用。您那聪明风趣的丈夫似乎很关心您,他对我也友善体贴,可是当我看着您的时候,只看到了空洞。

之前我们在科隆就过得不开心,这次在美国重聚也谈不上开心,似乎再正常不过。我们也不知道这次相见会是最后一次。我准备出门搭飞机回国时,您很伤心、很难过,所以我用手臂搂着您的肩膀。作为安慰，我记得自己还跟您说我还会回来的——可是来美国这事我做不了主！这些话在我脑海里晃荡，我把一团紧紧的抽泣声憋在喉咙里，您可能也这么憋着。到了道别的时候，我的舌头打结，说道："下次再见。"我现在依然感到痛苦，即使那一刻我也无法向您坦白，您的离开对我有多大的影响，我是多么多么想了解您。

科隆，1964 年 7 月

火车在呼唤迟到的人，我的母亲要走了。她必须穿过一条长长的走廊，才能走到月台。她在进站口，我向她伸出手。她沿着大厅往前走，我想把她拉回来。她越走越远，远到看不清形状。我喊了她一声，她转过身来，淡淡地笑了笑。

露丝告诉我埃尔莎去世了，葬在得克萨斯州的威奇托福尔斯。当时我正在科隆度假，和露丝在一起。尽管我想努力忘记母亲，但几个月前我就知道她得了癌症。母亲在信中告诉我，因为身上有多处囊肿，每周都得去做几次"放射线"治疗。我的父亲，有一回总算有了父亲的样子，想让我做好心理准备：您会不久于人世。这件事太严肃、太重大，重大到我无法承担，所以我从心理上拒绝了父亲的提议。

宣布"噩耗"的电报真真切切地到了我手中，我再也装不下去了。我是多么多么希望，希望我从来没说过那些话，可是无济于事。木已成舟，您已不在。

就像每个人在收到亲人噩耗时会做的那样，我努力在脑海中勾勒母亲的身影，却发现耳边只剩下她的声音。我相信当时她仍然活在我的心中，但那一刻，我却想不起她的样子。也许母亲去世，让我精神陷入混乱，以至于我对她决然抛弃我感到愤怒？母亲在离我一万公里的地方去世，让这件事情变得抽象。埃尔莎的死，直到30年后，当我在妹妹的文件资料中看到她坟墓的照片时，我才能悼念，才平静下来。

但那个夜晚，我成了"孤儿"，我没有疯是因为我极度愤怒：我怪那些头脑清醒的人，不管他们是对是错，是他们让我遭受丧母之痛，他们还指望我感恩，指望我祈祷，感谢上帝带走了母亲，而母亲从来没有故意对别人有半点刻薄。露丝也希望我祈祷；我不知道露丝是希望我尊重那些人的想法，还是因为她本身也相信祈祷。

我对这一切的荒谬感到愤怒和恶心，我诅咒所有人，除了露丝。那一次，我看到了教会堂里面的景象，也是最后一次：那些怪诞的老人像精神病患者一样来回摇晃，吟唱着什么，但根本无法帮我找回我那早已失去的信仰。

* * *

母亲埃尔莎早早离开人世,对我有一种矛盾的影响。她变得崇高起来,变成了圣人,神奇又不可触摸。母亲似乎取代了脸色红润的莉迪娅,占据了家里的象征性地位,而且她身边组成了一个看不见的圈子,专门守护她的光环。我没在这个圈子里。她的母亲和继父是组织者,自始至终把我排除在外,甚至他们放声啜泣的时候,也没让我参与。他们让其他人看到这种痛苦了吗?这个冷冰冰、看不见摸不着的物体,是我已故的母亲,那东西只不过是一座想象出来的坟墓。我不想要这种东西,我讨厌它;这座坟墓掩盖了母亲本该有的活泼和天真率直,让母亲的秘密变得更加沉重,让我在母亲去世之后也与她保持距离,就像她活着时那样。

我这般反应,一部分是因为当时正处在青春期,但最重要的是为了不切断与埃尔莎的联系,随着年岁渐长,这种联系变得更有意义。我断然拒绝简单哀悼了事,也排斥提议这样做的人。我很快意识到,家里所有人都被笼罩在一种严严实实又说不出轻重的内疚感中,包括我在内。这种内疚,是因为我们不必像母亲那样煎熬地活着,是因为我们没有被关押到集中营,亲眼见到那么多人没能活着回来:莉迪娅、罗莎、大卫（David）、我的外祖父，还有其他人，都没活着回来。一家人身上的沉默越来越凝重，越来越扛不动。

我的情况也好不到哪里去，或者说，与其他人相比，我也算不上"纯粹没有私心的人"。我孤身反抗，满心愤怒，感情冷漠，就为了留住埃尔莎活在我心中的回忆，那是一种跟这个金色相框里的人像完全不一样的回忆。

有关母亲被驱逐出境的事情，在**了解**各种信息、翻阅证词、观看照片和电影之后，变得越来越清晰。英国多名记者在贝尔森拍摄了一部骇人听闻、广为流传的电影，在电影中，成堆的尸体像垃圾一样被机器铲运走。我问了自己一个问题，相信每一位幸存者的子女都有这样的疑问："她要怎么做才能活下来？"有一次，我跟外祖母讨论遗产继承问题，我听到她嘀咕说，埃尔莎"没有在奥斯维辛集中营堕落，这笔钱我想怎么处理就怎么处理"。作为对战时所受伤害的补偿，埃尔莎能从联邦政府领取抚恤金，所谓遗产就是我能从这笔抚恤金中分到的部分。这笔抚恤金在德语中叫做Wiedergutmachung，字面意思是"让一切重新变得美好的行动"。

外祖母的话说得委婉，我无法判断"奥斯维辛"是否一般用来代表"驱逐出境"，也无法判断埃尔莎曾经是否真的被关押在那里。虽然我在心里记下了这件事，但没有对这个词做过多的解读。光是想象埃尔莎被关在奥斯维辛，对我来说都太残忍，也有辱她的人格。

* * *

正是通过这一连串杂乱无章的推理，还有一些不大真实的联想，母亲的形象变得更加细腻、更加平和。这个过程分了很多阶段才完成，就像解压要一点一点才能完成一样。

我最初注意到的，是其他人向我谈起母亲时的那种矛盾。我从父亲和埃尔莎的兄弟那里了解到，母亲是一位出色的音乐家，可是我从来没看她演奏过任何乐器。她有一双精通音乐的耳朵，歌也唱得好听。我正是在家里，通过母亲的引导，听了最初的几张古典音乐唱片，斯美塔那（Smetana）的《莫尔道河》（Moldau）、贝多芬的《第五交响曲》以及门德尔松（Mendelssohn）的《E小调小提琴协奏曲》（Concerto in E minor）。我知道母亲曾有过一把小提琴，莉迪娅出生之后，我还把它装在一个有划痕的凹陷琴盒里，带去美国给了她。

我们俩，也就是我和母亲，曾与这把小提琴有过特别的相处时光。那一刻，我几乎就快接近事情最核心最本质的真相，可惜我让那一刻溜走了。当时我们在房间里，母亲打开琴盒，开始调音。那把小提琴有些年头了，品相也不是很好，声音听起来怪怪的，母亲花了几分钟调音。琴弦已经磨损，琴弓的松紧性不好，琴桥也需要更换。她像音乐家那样，按部就班地完成一整套调音动作，每一步都不假思索，因为在这之前母亲已经重复过100遍了。调完音之后，母亲演奏了几个音符。她有点紧张，不是很有把握的样子。调子不对劲，必须一次又一次重新调音。我一动不动地看着她做这些动作，感觉肯定有什么要紧的事情发生。母亲最后试了一次，调子还是不对，她叹了口气，然后把小提琴放回琴盒，坚定地盖上盒子，走去隔壁房间，去看正在哇哇哭的莉迪娅。我们本来可能聊些什么，但这一刻又一次与我擦肩而过。

我脑海里盘旋着几个问题。一个人怎么才能成为出色的音乐家？换句话说，为什么长时间不演奏就无法重拾原来的本领？那时候我还没有开始玩音乐，但我很早就开始听音乐。我只是想不通，埃尔莎怎么会把对自己如此重要的事情搁在一旁，而且不会心心念念惦记。我没法直接问她，可不管怎样，对母亲而言，拉小提琴肯定跟一些无法忍受的回忆相关。不知不觉，从小提琴到驱逐出境，再到妹妹出生所起到的弥补作用，我将种种联想完整串连起来。可是，这些答案没有像拼图那样，每一块都完美契合。相反，这些零碎的信息只是东拼西凑，左右不搭；抛开我和母亲之间的隔阂不说，母亲不是单纯为了生养孩子才活着，她的神秘、她的沉默，她的心不在焉和无法身体力行，都是有原因的，她身上还带着复杂、矛盾、难懂的东西。对我而言，母亲变得捉摸不透起来。

* * *

根据多年来断断续续的信息，我开始勾勒事情的全貌，让我迈出这一步的可能要归功于一张照片。这张照片拍摄了一位被关押在集中营的囚犯，双手被绑着，站在一辆破旧的推车上。这辆推车之前可能是个玩具，因为它就是一个安了几个轮子的板条箱而已。其他囚犯都穿着条纹囚服，正往前拖着这辆车。他们驼背屈膝的样子十分引人注目，那身囚服甚全都要招架不住这样的姿势。他们的头发都剪得很短，看上去千篇一律。站在推车上的那人，目光低垂，脸也比其他囚犯压得更低。这张照片的标题只是简单地说，被判绞刑的囚犯正押往刑场。

光是这张照片的存在，反人类的罪行已经昭然若揭：只有集中营的警卫才会有这种让这一幕"永垂不朽"的想法。我纳闷，到底什么样的人才会保留这样的东西当纪念品？

还有令这一幕更加骇人听闻的场景：推车后面有一些囚

犯，五人一列，排成普鲁士方队的样子。这是一场游行，队伍里有几名小提琴手、一名手风琴手，还有几名长笛手。其中一位演奏者闭着眼睛，似乎想更加投入地演奏。从照片上看不出来他们演奏的是哪首曲子。除了那个闭着眼睛的人，其他人都面无表情。他们是否在演奏肖邦的《葬礼进行曲》（*Funeral March*），把死刑犯变成一具活生生的尸体？他们是在演奏现代歌曲，还是在演奏庆祝死刑犯被绞死的动听曲目？

被判绞刑的囚犯正押往刑场

作为一个玩音乐的人，我在母亲去世之后开始弹吉他，也许我更能体会用这种方式把音乐和死亡联系在一起是多么怪异。

不过，我记得集中营里确实有一些演奏音乐的人。就这样，一切都串起来，在我脑海里排列组合起来。我曾经想过，我的母亲到底要怎样出卖灵魂或肉体，才能从那个无人生还的地方活着回来？这个问题如今有了答案：要想从**那个地方**活着回来，她必须拉小提琴。

这个猜想虽然算不上证据确凿，也没有拉近我和音乐的关系，但至少让埃尔莎的形象更加平和。至少，我内心能接受这样的故事情节。

不过这次猜想没有很快起作用，或者说并没有顺利起作用。我脑海里的种种联想，从顺序上似乎讲得通，但大多数都是来自各种印象，来自像一捆捆稻草一样断断续续的事实。而且支撑这种猜想的，只有我自己的渴望——我渴望弄明白，我和埃尔莎之间到底缺失了什么。对我来说至关重要的那些问题，答案并没有从丰饶角自动冒出来。我寻到的每条新线索，都在整个链条中起到一定作用，我经历过的触电般的震惊、我感受到的恶心、我出过的冷汗、都是我触及真相时必有的生理反应，可以作为判断真相的标准。这些震惊，还有后来我身体归于深深的平静，都提醒我，我在**她**身上发现的东西在我内心产生了共鸣。

* * *

我的一个舅舅是音乐家,他告诉我,我母亲曾是比克瑙集中营女子管弦乐团的一员。他差点脱口而出:"你怎么知道?"舅舅有些恼火,又有一点愧疚。他证明我的想法是对的,他还告诉我,我可能是整个家族最后一个知道此事的人。我知道得太晚太晚——当时我已经35岁,埃尔莎在近四分之一个世纪前就已经去世。我舅舅的话,再加上我个人做的那些研究工作,一切的一切,都让我感到如释重负。

纳粹想篡改过去,从生理上屠杀几代人,毁掉受难者曾经生活的地方,抹去他们在民事档案中活过的痕迹,让他们死得无影无踪。纳粹最大的恶就是将家族叙事和幸存者后代的记忆都转移到奥斯维辛集中营掐灭,**可是虽然纳粹万般阻扰,那些像我一样的幸存者后代,还是出生了。**

经过这段蜿蜒曲折、难以记录、潜意识中的旅程,我曾经的猜想得到了验证,结果是我终于放弃在奥斯维辛寻找自己的身份,而是让它成为我身份和起源的一部分。我想"重回"这个卑鄙、冷漠、工业化死亡之地的执着也不再必要。

对我来说,埃尔莎不再是神秘和超自然的存在,她(重新)变成了一个男人和另一个女人所生的女儿。我那么渴望的关于她的故事,可以在罗兹、多特蒙德、科隆或威奇托福尔斯的残垣断壁中找到。她不再仅仅是"被驱逐出境者",用不着一言一行都用那说不出口的两年来评判。虽然她经常做噩梦,我也噩梦不断,虽然她的家人总是把她当成圣人和殉道者,可我曾经爱着她,我可以爱她,我依然爱着她,我依然为我们之间的种种误会而恼怒,也依然想念她:毕竟,她只是我的母亲啊。

1

伊莲娜与维奥莉特

女子管弦乐团（不知名艺术家）

巴黎，1995年2月

我的世界再一次彻底分崩离析。起因是露丝通过复杂渠道弄到一本书，从科隆寄给了我。这本书在比利时出版，重点介绍传奇人物——被驱逐到比克瑙集中营的年轻女子玛拉·齐内特鲍姆（Mala Zinetbaum）。被赶出比利时之后，玛拉很快就获得了一份在比克瑙跑腿（Läuferin）的活儿，后来又担任口译员。根据有关记述，玛拉非常令人喜爱，是人们难以忘怀的人物之一。作为口译员，她能在集中营里接触到大量物品，包括食品和衣物，她竭尽全力地帮助其他囚犯，能帮多少就帮多少。玛拉对比利时人尤其照顾，这种照顾不光是给对方一块面包，或者帮她们转到不那么累的劳工队（Kommando），也不光是给对方一双更合脚的鞋子，或者单单给对方一个微笑或一句同情的话：有时机缘巧合，这些东西能挽救他人于心灰意冷，把对方从自我了断的边缘拉回来。

玛拉的同伴埃德克·加林斯基（Edek Galinski）被关押在男囚营，在埃德克的帮助下，两人一同逃出比克瑙。纳粹党在整个欧洲搜捕数周，把两人给抓了回来。埃德克的绞刑

"仪式"上，玛拉激烈反抗那些折磨埃德克的人，先是给了卑鄙的陶伯（Tauber）一耳光，然后用剃刀片割开了自己的血管。纳粹用这些"仪式"来杀鸡儆猴，震慑和告诫其他囚犯——没人能逃出集中营。所有囚犯都观看了玛拉的处决仪式，因此也见证了她的英勇反抗。

这本关于玛拉的书由若干幸存者的回忆和陈述组成。其中一位名叫伊莲娜（Hélène）的人回忆说，她被押到奥斯维辛之后遇到一个女孩，"打扮整洁，戴着头巾，穿着系带的靴子"。这个女孩的名字叫埃尔莎·米勒（Elsa Miller），也就是您，我的母亲。伊莲娜回忆说，您如何将她从大批被隔离的囚犯中带出来，关照她，接她去参加管弦乐团。

1961年，我曾见过伊莲娜，当时我和母亲埃尔莎去哈瑟尔特拜访过她。我记得伊莲娜的女儿丹妮尔（Danielle）用钢琴弹奏过巴赫的《C大调前奏曲》（*Prelude in C*），这首曲子是古诺（Gounod）《圣母颂》（*Ave Maria*）的伴奏。

本来我的内心已经相对平静，您过往的那段生活也在我的脑海里束之高阁，可如今书中短短几行字，又在我的心中搅起波涛。

30年前您去世之后，我屡屡忍受着因家里人回忆您带来的折磨。对我而言，伊莲娜的讲述比痛苦的回忆更有意义。虽然她的讲述跟回忆一样，既珍贵又模糊，但与我们不同的是，她并不是想占据您曾经活过的那段时光。而每次家里人在我面前回忆您或鼓起勇气谈起您，一种"偷偷占据"的感觉就会重现。当我在书中读到，您在伊莲娜心目中是一个"打扮整洁"的女孩子，您就这样出现在我面前。早上您准备出门上班，还有化妆的时候，总是打扮得整整齐齐。书中这几行文字，准确还原了您当时的姿态，您就是那个每天都重振精神、勇敢面对生活的小小吉祥物。您就这样活在我的回忆里，活在比克瑙的集中营里，画面真实而清晰，好像时间不曾翻过一页又一页。您过往的一幕又一幕，就这样迎头与我撞上。

对我来说，通过这本书的编辑很容易就能重新联系上伊莲娜，不过我的一个不小心差点把事情搞砸。我没有给牵线搭桥的人留私人号码，而是留的工作号码……好像我故意躲着，不想让伊莲娜联系上我一样。

曾经萦绕心头的一幅幅图像又再次找上门来。一座座瞭望塔、带电的铁丝网、从飞机上看到的一栋栋牢房，排列组合起来，就像巨大的乐高玩具。一队黑影，穿着条纹囚服，拖着步子缓缓移动，而您在人群中格外显眼，白色头巾小心翼翼地遮盖着您那几绺头发丝。我想象着，您就出现在那铁丝网围起来的地方，新来的囚犯挤作一团，接受隔离。这是一场醒着的噩梦，看得见摸得着。只是这次，伊莲娜陪您一起活在这场噩梦中。可不管怎样,我第一次找到了在这一幕幕一帧帧的历史镜头当中切切实实**看到过**您的人,一个曾经和您一起熬过那两年几乎说不出口的岁月的人,一个和我一样,也爱着您的人。

就在我和伊莲娜通电话时,完全矛盾的想法填满我的内心。让她谈起您的事情,会不会伤害她?您在集中营那些被偷走的时间,那些感受,那些感情,那些您无法告诉我、您不知道如何告诉我或者您不想告诉我的事情,伊莲娜能不能讲给我听,同时又不对她自己造成太大的伤害?

可是,我是如此迫切,想把管弦乐团的故事延续下去,免得它湮没在历史的尘埃中。比克瑙集中营女子管弦乐团的故事是如此非同寻常,几乎占据了我的整个身心。我想跟伊莲娜见面,了解管弦乐团的事情,这两个愿望重叠交织在一起。可是,伊莲娜会让我窥探您的秘密吗?会让我了解您倾尽一生要对我保密的事情吗?让伊莲娜谈起您的事情,会不会就像一种强奸、一种禁忌?我需不需要求得她的宽恕?

我无须多说什么,伊莲娜似乎对我的请求心知肚明。她还给我引荐了她在巴黎的一位朋友,维奥莉特·齐尔伯斯坦(Violette Zylberstein)——她和你们两人一样,也参加过女子管弦乐团,记忆力特别好。

跟这些切切实实见过您的人碰面时,我在想,自己到底是不是真的是您的儿子。我想了解您的过往,却只能通过这么迂回的方式去了解。我对您的过去感到好奇——真是太奇怪了!这事说起来多么容易!——却只能通过这个十分复杂的走访项目才能进行下去,只有这样,我才能继续追寻您。还有什么比得上一个由45名女子组成的管弦乐团更隐秘的事情呢,何况在乐团所有成员当中,您又是最隐秘的一个。会不会有那么一天,我变得足够成熟,从一开始就去寻找您,只为了我自己去寻找您?

巴黎,1995 年 3 月

这是我第一次见维奥莉特。我们正儿八经地问候了对方,不过她还吻了吻我的脸颊以示欢迎。维奥莉特身材娇小,精力充沛,抽起烟来一根接着一根。她的声音有点嘶哑、有点不清晰,有时她描绘的情形令人惊讶,她的措辞算不上非常正经,但华丽有趣,我立即对她有了好感。她是个"小老太太",想说什么,就说什么。她没有任何矫揉造作的掩饰,很快认定要谈那段往事,我是个合适的人选。而我用了40多年,才能跟亲戚和家人谈起这些事情,可是这么久过去,回忆早被冲淡。

我想着带一些您年轻时的照片给维奥莉特。毕竟事情已经过了50年，她可能已经忘了您。不过维奥莉特立马给我了一个惊喜。看着我，已经想不起自己母亲形象的我，她一眼就认出来了。毫无疑问，我的额头、我的眼睛，有您的影子。

我和维奥莉特谈了很多我们的生活琐事。有些事情，她已经从伊莲娜和芬妮那里有所了解，她一直跟她俩保持联系。她知道您生命中的几件大事——结婚，生了第一个孩子，离婚，再婚，又生了一个孩子，之后去世，您生活在美国偏远地区这件事她也知道。我向她细数多年来的感受，那感受就像凿子在身上不停凿挖一样。我跟她说，我的童年就像没有母亲，就因为母亲那段往事，我大部分的童年都被毁了。令我惊讶的是，维奥莉特大方地谈起您的事情，您的温柔，您的仁慈，当然家里人谈起您的时候也总是很虔诚。不过，我还是认为您有脾气不好的一面，对我不公平，也很暴躁。但维奥莉特却非常肯定，您性格温柔，为人善良，处世平和，即使在比克瑙，也保持着这样的性格！

我们在温馨的氛围中谈了几个小时。我谈了自己和您的关系，谈了我让您从我身边离开的遗憾，维奥莱特则谈了从集中营回来之后的日子。她想解释给我听，战争结束后，日子过得不容易，许许多多"正常人"，比如那些没有被关进比克瑙集中营的人，是如何想快快翻过这一页，甚至就当事情没有发生过。为了让我理解这种沉默，维奥莉特说自己曾受邀参加一次令人大失所望的聚会，当时是她回国之后的某一天，旁人听到她谈起集中营的事情，尖叫着让她闭嘴，因为那段往事太压抑了。"就在那一刻，我决定闭上自己的嘴。"维奥莉特告诉我。但就在别人希望她闭嘴不谈往事的时候，她也感受到了一种鞭策，敦促自己不要沉浸在回忆中，而是尽可能果敢地向前看。维奥莉特经历了说不出口的过往，别人却无法理解这段过往，这种矛盾成了一把双刃剑，既让她承受着极大的不公平，也给了她把日子过下去的动力。

我难掩心中情绪：跟维奥莉特谈起我的失望、悲伤和空虚时，我心情激动，几乎悲愤交加，仿佛自己是在通过她跟您对话，在某种方式上，也跟您身边的每一个人对话。

我毫不羞愧地向维奥莉特倾诉，因为她经历了您所经历的一切。我告诉她，我早就对现状听之任之，知道自己要做的是保护您，而不是从您那里索取您无法给予的东西。我还跟维奥莉特说，我早就放弃了让您告诉我过往那些事情，而这种放弃对我来说，是多么痛苦。

我现在明白了。您曾经体验过那种饿到发狂的状态，见过人被活活饿死的景象，您体验过那种常人无法理解的恐惧、痛苦和惊栗,当时您从集中营回来也没过多久,能理解我因"正常"饥饿而发出的喊叫吗?能体会我在黑暗中孤身一人那种恐惧吗?能对我从噩梦中醒来的害怕感同身受吗?毫无疑问,您自己都已经处于崩溃的边缘。

虽然我不愿承认,但是我同情您。我同情我们两个,我也对这种同情感到羞愧。

里尔,1943 年 7 月 1 日

维奥莉特在里尔郊区生活了几个月。一开始,为了躲避1940年的轰炸,她和父母一起离开勒阿弗尔,搬到巴黎,但在巴黎遭遇了首批针对犹太人的歧视政策。维奥莉特仍然保留着她母亲的身份证,证件由贝当政府签发。那是一张绿色卡片,用红色字体斜印着"犹太人"字样,仿佛是为了盖住身高、体重或头发颜色等任何身体特征。在维奥莉特一位叔叔的建议下,一家人秘密来到里尔地区寻求庇护。由于没有在县里登记,他们不得不使用伪造的食品券。维奥莉特的父母找不到工作,她自己也没法进入高中学习。一家人靠着手头积蓄过日子,另外靠维奥莉特父亲倒卖他从勒阿弗尔的商店带来的服装券赚点钱。

7月1日，维奥莉特去电影院看了《四柱床》（*Le Lit à colones*），一部由让·马莱（Jean Marais）、费尔南·勒杜（Fernand Ledoux）和奥黛特·茹瓦耶（Odette Joyeux）主演的电影，然后打算回到位于法伊夫卡巴尼斯街的家中。50年后，维奥莉特仍然饶有兴致地回忆起这部电影：让·马莱扮演的是一位被关进监狱的音乐家，他的作品被监狱长偷走了。电影散场是下午四点。

维奥莉特是搭电车回去的，快到家时，她看到邻居家的窗帘在动。维奥莉特先是一阵隐隐约约的担心，接着，担心变成恐惧。她按下门铃，两个身穿黑色皮大衣、戴着三角帽的男人从她家出来。她知道这身打扮的是何人，转身便跑：她母亲也去了法伊夫的电影院，而且很快就要到家了。维奥莉特明白，自己绝对不能被抓住。她心想自己要是能飞走就好了，可惜她跑得不够快，转眼就被盖世太保抓住。那帮人，可是围追堵截的老手。

她被这帮獒犬逼到墙角，抓回了她家里，然后眼睁睁看着母亲被抓。她们在里尔的盖世太保总部看到了一位阿姨，那个阿姨有段时间老是跟一个可疑的男人进进出出，据说那人表面上做小生意，背地里却勾结纳粹。对维奥莉特来说，事情再明显不过，自己和母亲同时被捕，肯定是被人出卖了。

维奥莉特坦言，之后很长一段时间，自己是靠着找到叛徒然后弄死他的强烈欲望，才在集中营活了下来，而且她一点也不后悔自己曾有这种想法。维奥莉特认为自己是个很叛逆的人，经常对朋友说："要是我被投入大牢，可别带橘子来探监，我要的是苹果。"后来那个告密者被FFI（法国内务部队）处决。③

父亲、母亲和女儿，维奥莉特一家人都被关在洛斯监狱的单独牢房里。她当时不知道，这是她在接下来两年里最后一次拥有自己的空间。牢饭难以下咽，跟外界隔绝，又让人心慌。还有一件荒唐事，牢里居然每天都有一份报纸送进来，好像他们住在哪家富丽堂皇的酒店一样。维奥莉特把报纸从头读到尾，广告栏都没放过。八天后，他们一家被押送到布鲁塞尔的圣吉利斯监狱。那里的牢饭好一些，一家人可以在放风时间互相招手。十几天后，他们被押到梅赫伦中转营，那是整个牢狱生涯的倒数第二站，随后他们就会被押到欧洲边界一个从来没听说过的地方，纳粹已经安排和策划好最后的关押地——奥斯维辛集中营。

维奥莉特是法国人，只是因为被官僚主义坑害，所以被

---

③ FFI（France Forces of the Interior）是指第二次世界大战后期出现的武装部队。

驱逐出比利时。许多年后，当维奥莉特看到自己的名字被刻在纪念碑上，而那块碑是为了纪念从梅赫伦被驱逐出境的比利时人而设的，心里既惊讶又不痛快。

1943年7月31日，维奥莉特一家编入第21号车队，被驱逐出境，8月2日上午被押到奥斯维辛。他们坐的是密不透风的车厢，当时天气炎热，车上毫无卫生条件可言，囚犯都挤在一起，让人苦不堪言。车上只有一个便盆，不用想，粪便很快就从便盆中满了出来。维奥莉特想努力留住最后一丝尊严，或许同时也想开始让自己适应这种非人的条件，所以她一路上都没有用那个便盆。

抵达奥斯维辛之后，囚犯们统统站在月台上，哪些人会被送去处决，就这样当场决定。本能反应之下（维奥莉特管这种本能反应叫"童子军"的直觉），维奥莉特没有爬上在旁边等着的那辆卡车，她心想，那些上年纪的人，还有那些被一路颠簸折磨得筋疲力尽的人，比她更需要以车代步。维奥莉特先是看着父亲上了车，后来又看着母亲上了车。哪些人"该死"、哪些人"该留"，就是在这样一片嘈杂的嚎叫声、警犬的吠叫声，还有你吵我嚷的命令声中决定的。不过，要是有人走到卡车旁，希望爬上车，跟亲友爱人待在一起，那帮纳粹爪牙不会出言喝止，也不会出手阻拦。

维奥莉特和其他被安排进入营区的妇女一起，穿过大门，走过大约1.3公里长、贯穿整个营区的拉格大道（Lagerstrasse），到达B营的"桑拿室"。她们在这里被登记到集中营的花名册里，先是"消毒"，接着洗个澡，然后被带去文身，领一套囚服：马裤、衬衣、一条背后有大块红漆的裙子，一双（跟她们脚型差不多大小的）鞋子，还有一个碗。

维奥莉特不明白这辆卡车到底是用来干什么的。为什么从那道斜坡到集中营这么短的距离，还要开辆车？维奥莉特以前从来没见过纳粹这么关心犹太人，所以觉得很蹊跷。自从被押进营地之后，她逢人就问："和我们一起来的那些人怎么样了？我母亲上卡车之后去哪儿了？"那些囚犯的回答都一样：他们去了另一个营区，那里干活没那么累，毕竟他们都上年纪了。

在那串编号被文到维奥莉特前臂的过程中，她走近一名党卫军女警卫（Aufseherin），并用她那非常有学者风度的德语问对方同样的问题。这是德国纪律（Deutsche Ordnung），女警卫回答说。毫无疑问，她这般说辞是为了避免恐慌，而不是出于人道主义考虑。女警卫言之凿凿地说，那些人送去了另一个营区，那里更舒适，更适合老年人。老年人？维奥莉特的父亲当时43岁，母亲只有40岁！女警卫的回答并没有消除维奥莉特的疑虑。她们一家在过去一个月的种种经历，还有他们在抵达奥斯维辛集中营时被赶下车的方式，没有哪一件事让维奥莉特觉得纳粹居然会做这种"对他们没有好处"的事情，说得好听一点，纳粹居然会做没那么"惨无人道"的事情。

维奥莉特继续逢人就问，答案依旧是之前那个："他们在别的地方，在另一个营区。"后来有一次，在跟其中一个负责给新囚犯文身的人交谈时，维奥莉特改变了问问题的方式："我刚来的时候，一个朋友上了卡车，你知道她后来怎么样了吗？"负责文身的那几人指着那些弥漫整个营区的灰色浓烟，那是耸立在拉格大道尽头右侧的烟囱冒出来的。

"你朋友可能就在那里，在那一缕浓烟里头……"

文身的人还给维奥莉特讲了很多细节：装模作样的盥洗室，装模作样的肥皂，还有装模作样的淋浴室，毒气还有火葬场，这些毫无掩饰的讲述血淋淋地昭告了集中营的暴行。维奥莉特一开始没听明白，但很快一种被毁灭的感觉占据了她的身体：母亲身份证上的红色"犹太人"戳记，一家人先是被捕，接下来一个多月在牢房蒙屈受辱，最后踏上死亡的终点。

他们无缘无故遭受折磨，必然会是这样的结局。这一系列疯狂事件终于说得通了：被驱逐出境者在被关进集中营之前，根本不知道自己去那里不是为了参加劳动，尽管每个囚犯都拼命想相信这一点，也劝自己相信这一点。可事实证明，他们被关进集中营是为了接受处决。维奥莉特悲痛欲绝，后悔没有和母亲一起爬上卡车，也后悔自己没有死去，这样她就不用再看到囚犯被处决，内心也不用再受这些折磨。被关进奥斯维辛几个小时之后，维奥莉特才真正进入残酷的集中营世界。

* * *

所有从梅赫伦运过来的新囚犯都被关押在隔离区。他们在A营九号区挤了六个星期，这里是专门用来隔离囚犯的牢房。九号区的牢房头目（Blockowa）是一个叫苏珊娜（Suzanne）的斯洛伐克人，绰号"苏兹"（Szuszi）。她性格凶残，杀害了大约100人，战后被判谋杀罪，后被英国人处决，同时被处决的还有集中营指挥官约瑟夫·克雷默（Josef Kramer）、纳粹女警卫伊尔玛·格蕾泽（Irma Griese）以及其他战犯。可是战争期间，苏珊娜精于阴谋，层层提拔，对纳粹的命令言听计从，没有一次例外，就这样成了牢房管事（Lagerälteste），也就是贝尔森的囚监。苏珊娜得知维奥莉特会讲匈牙利语之后，尽管维奥莉特来自勒阿弗尔地区，但这位女头目还是问维奥莉特是否认识一个叫西蒙夫人

（Madame Simon）的人，此人是自己的表亲，结果发现这个西蒙夫人也是维奥莉特母亲最好的朋友。

被关进集中营不久之后，维奥莉特就患上痢疾。她想换个地方透透气，稍微活动活动，所以决定让自己染病。女头目苏兹把她带到营区病房（Revier），劝她最好不要在病房住太久。"住院"期间，18岁的维奥莉特有一天醒来，发现隔壁病床的病友在睡梦中死去。这是她第一次看到死去的女人，可是她已经无法将躺在她身边的物体叫做"尸体"。就这样，集中营的真正面目在维奥莉特心中快速成形。

在她学着认清集中营现实的同时，她也学会了牢房里流传的那些简化词汇——那是德语和波兰语粗暴混合的产物。新的囚犯不断被押到这里，有身材结实的荷兰妇女，也有皮肤黝黑的希腊人，虽然颠簸了大半个欧洲，最终被关进集中营，但她们依然面容姣好，依然保持乐观。这些人里头很多人变成了"废物"。"废物"是牢里的行话，表示这些囚犯当中有数不清的人没熬过隔离期，其中多半是死于绝望和沮丧，而不是死于缺衣少食或者生病。

维奥莉特来自法国，在牢房里孤零零的，因为牢房里的比利时女囚占了大半。她谁也不认识。父母双亡，还有巨大的悲痛，让维奥莉特无心结识其他狱友。牢房的每块床板上都睡了八九个人。同睡一块床板（koya）——波兰人管睡觉的那块板子叫koya——有时候会成为幸存者在牢房结下莫逆之交的星星之火。牢饭包括浑浊的饮用水，美其名曰"咖啡"，还有茶或者herbata（波兰语中的草药茶）、四分之一块面包、25克人造黄油、一份清汤，这些东西从一开始就不够果腹。隔离期结束之后，关在B营的囚犯每周有三次"加餐"（Zulage）：加一片面包和一根德国猪肝肠（Leberwurst），加一点人造黄油或者不干不净的甜菜果酱，这东西脏得很，但是很甜，可以补充养分。维奥莉特的手指得了瘭疽[④]，有人说往上面撒尿可以消毒，结果她的手臂开始肿胀，还发烧了。

被关进隔离区几天后，一名跑腿的囚犯来到维奥莉特的牢房："你们有谁会乐器吗？"维奥莉特和牢房其他人一样，早晚都能听到低音鼓的声音，但一开始她们不能肯定这声音是从哪里传来的，也不知道是干什么用的。然后她意识到，那是个管弦乐团。

维奥莉特拉过几年小提琴，因为她母亲认为学门乐器"总能派上用场"，她父亲给她的小提琴老师缝制外套来抵学费。她绝对算不上小提琴家，而且已经有三年没有正儿八经地拉过琴了。早上放风时，她们能听到集中营里管弦乐团

[④] 因疱疹病毒引起的痛苦感染。

的演奏。傍晚，劳工队收工时，也能听到演奏声，不过加入乐团的想法一下子就过去了。她知道自己几斤几两，集中营成千上万名妇女，不管是演奏水平还是现场表演经验，比她拉琴拉得好的人肯定有很多。维奥莉特不想让自己出丑，所以跑腿的囚犯来问时，她没有应声，虽然现在回想起来，考虑到她当时自身难保的处境，不给自己争个活命的机会有点说不过去。

不过几天后，维奥莉特注意到牢房有两个年轻女孩天天早出晚归，那是伊莲娜和芬妮。伊莲娜年纪小，个子高高的，愁眉苦脸，神情冷漠。当时伊莲娜只有16岁，少女的脸庞圆润而光滑，那双又大又清澈的蓝眼睛似乎总是心不在焉的样子，头上淡褐色的发茬微微卷曲。芬妮则与伊莲娜完全相反：栗红色头发，深色眼睛，活泼而调皮，被关在梅赫伦时就认识维奥莉特。

维奥莉特走向伊莲娜。她终于找到一个可以开口的人，随之一阵冲动袭来。

"我也拉小提琴，但战争开始后就没拉过了。你看我可以试一试吗？"

"那你得参加试演，不过没选上也没什么损失。要不你明天主动拉上一段？"

虽然维奥莉特仍然为母亲的死而气愤不已，但她决定碰碰运气。

* * *

所有囚犯都知道，当时这个管弦乐团有两种作用。首先是"实际"用途，每天早上，囚犯五人一列，出工干活，乐团的演奏是为了配合队伍行进的步子，傍晚收工，再用奏乐把囚犯迎回来。纳粹党卫军很快意识到，要是囚犯步伐合拍，那数起人头来就容易得多。管弦乐团也是一种劳工队，被安排在最前面的位置，面对着A营入口处的党卫军哨所。乐团演奏的是军队进行曲，用低音鼓和铙钹伴奏，敲出"向左，向左，继续向左"（links, links, links UND links）的节奏，奴隶们好齐步往前走。

管弦乐团的第二种用途跟第一种用途完全相反，是扮演活生生的"点唱机"，完全按照党卫军的喜好来演奏。因此，门格尔（Mengele）、陶伯、克雷默、囚监（Oberaufseherin）曼德尔或者任何一个刽子手都可以进入管弦乐团的牢房，让她们把节目单呈上来，选择两三首乐曲，享受一番，回去屠杀更多囚犯，然后回家。他们甚至还能想象自己拥有一帮私人音乐家，就像中世纪的高级日耳曼领主一样，而纳粹宣扬要召唤那些领主的魂灵。

管弦乐团指挥是一位年轻的波兰妇女,由党卫军任命。她的名字叫佐菲亚·柴可夫斯卡(Zofia Tchaïkowska),是一位演奏水平一般的钢琴家。搞不好就是因为她的名字看起来像俄国人,所以纳粹愚蠢地认为她跟柴可夫斯基(Pyotr Ilyich Tchaïkovsky)沾亲带故。佐菲亚平常一副心神不宁、情绪紧张的样子,但也很健谈,她总是在管弦乐团的钢琴上奋力弹奏肖邦的曲子,后来那架钢琴被搬到了军官餐厅。

* * *

维奥莉特站在柴可夫斯卡面前,想要自欺欺人都不可能。她已经很长时间没拉小提琴了,更别说现在身体状态也不好。她笨手笨脚演奏完马斯涅(Massenet)歌剧《泰伊丝》(*Thaïs*)中的那首插曲《沉思曲》(*Meditation*),当场落选,不过这结果完全在自己意料之中。试演是在集中营的宿舍兼餐厅进行的,维奥莉特因此看到了乐团成员的生活条件:她们有定量的面包供应,而且囚监不会中饱私囊,还有50升桶(Kübel)装的汤,而且桶里的汤和食物分量一样,汤汁明显更有营养。她们每人都有一张床,一条羊毛毯子(Steppdecke),更奢侈的是,床上还铺了一张床单。她们还有舒适的衣服,配了长凳的桌子。在其他囚犯都食不果腹、衣不蔽体的时候，乐团成员基本上算是过着正常人的生活。还有一次去乐团那个营区放风，另一名囚犯、维奥莉特的朋友安妮–莉丝（Anne-Lise）甚至记得她当时看到一个跟周围格格不入的东西——乐团牢房的柜子上面居然放了一个花瓶！

回到A营牢房，维奥莉特依然可以和伊莲娜和芬妮在一起，因为两人每天晚上都必须回原来的牢房睡觉，至少隔离期结束之前，必须睡在这里。伊莲娜和芬妮的穿着更加体面，开始跟其他囚犯有所区别——她俩开始享受作为乐团成员的一些好处，其中包括每天洗一次澡。

1943年9月初，伊莲娜告诉维奥莉特，党卫军给乐团派了一位新指挥，维奥莉特得再试一次。有了第一次试演的失败经验，维奥莉特这次提出演奏《玛丽扎伯爵夫人》（*Countess Maritza*）[5]当中一首吉卜赛风格的曲子，这首曲子没什么技术难度，而且旋律悦耳。正式演奏之前，维奥莉特问是否能用半个小时来练习一些音阶，熟悉一下曲子的某些片段，希望演奏前的这种热身能让乐团指挥看得出自己是拉过小提琴的人。

新上任的乐团指挥阿尔玛·罗斯（Alma Rosé）听完维奥

---

[5] 匈牙利作曲家埃默里奇·卡尔曼的三幕歌剧。

莉特的演奏后说道："根本不是什么有名的曲子！"维奥莉特脸色一沉，恨不得自己没来参加这次试演。看过管弦乐团成员的日常饮食后，维奥莉特觉得自己在奥斯维辛集中营的日子过得就像坦塔罗斯（Tantalus）⑥一样受折磨，而且这次肯定又落选了。

阿尔玛似乎读懂了维奥莉特的想法，也许她甚至认为维奥莉特渴望拉小提琴，需要靠拉小提琴来活命。阿尔玛对此时此刻的维奥莉特完全感同身受，因为这也是她在集中营活下去的动力。思索片刻之后，阿尔玛给了维奥莉特一线生机，当然两人当时都不知道，这个决定让两人都活了下来："没关系，我可以让你试个儿天，也许你的水平会有进步，等八天后你再试演一次。"

维奥莉特现在也像伊莲娜和芬妮一样，每天都必须走几百米的路，从A营九号区走到管弦乐团的牢房，那是在R营，差不多到了拉格大道的尽头。这条路每天都有成千上万人走过，夏天干燥，尘土飞扬，到秋天就成了泥潭，冬天再变成冰冷的沼泽，脚陷进去，木屐和帆布屐会被冻住。每走一步，都会让本已疲惫不堪的身体格外吃力。

---

⑥ 坦塔罗斯是希腊神话人物，他被勒令站在水池中，旁边的果树枝干低垂，但是他永远无法摘到树上的果实，也永远无法喝到脚下的水。

维奥莉特在接受阿尔玛的条件进入乐团四天后，发现自己的鞋子没了：一夜之间不翼而飞，肯定是被人偷去当钱用了。没了鞋子，维奥莉特只能每天光着脚在冰冷的泥地里走。牢房头目兼乐团营房负责人柴可夫斯卡拦住维奥莉特，让她在一盆冷水中洗完脚才能进门，那盆冷水是乐团成员用来洗鞋子上的泥巴的。维奥莉特照做了，但绝望地哭起来。

管弦乐团刚好这时候回来——她们刚刚在集中营大门为出工的劳工队演奏完。对阿尔玛来说，此刻的维奥莉特就是乐团成员曾经都经历过的那副样子：头发被剃、面容憔悴、身体冰冷、泪水涟涟。

"你哭什么？"

维奥莱特说了一下刚才发生的事情。

"别哭了，我马上让你参加管弦乐团，我想想……"

不一会儿，阿尔玛就把维奥莉特带到服装仓库，给她拿了保暖的衣服、合脚的鞋子、毛线袜和演奏者穿的制服：一条海军蓝的百褶裙、一件白色上衣和一条白色棉质头巾。奥斯维辛集中营就是这样的生存法则：鞋子被偷，你可能几天内就会死，可突然之间，你又得救了。在这个死亡之窟，活着全靠运气。

虽然维奥莉特有了一双长筒袜，但没有东西来固定袜帮，于是她把袜帮拉到腿上，看上去就像个小丑。牢房勤务员（Stubendienst）玛丽亚·兰根菲尔德（Maria Langenfeld）仗着准尉身份，做事情固执得可笑，一直对维奥莉特絮絮叨叨，让她找个东西来固定长筒袜。这位勤务员得过面瘫，脸部变形，说起话来就像在叫唤。维奥莉特用绳子换下裤子的松紧带，再把松紧带当成临时袜吊。这样，她的打扮就不会跟乐团其他女孩子格格不入了。

* * *

维奥莱特坐在第三小提琴手的位子上。她们的活儿并不难，只需演奏华尔兹舞曲的强拍和一些复调旋律来配合主奏乐器的主旋律。不过，阿尔玛对她们的严格要求并不亚于其他人。

虽然生活条件基本正常，但维奥莉特的悲痛并没有减少。她本能上亲近那些讲法语的乐团成员，比如比利时人、法国人和希腊人，所以一开始跟乐团其他女孩没什么往来。她的丧父丧母之痛仍然深切，这顿饭与下顿饭之间，还有去上厕所的时候，这种空虚就会乘虚而入，就像她在隔离期那段时间一样。她身上的痛苦没有消失，只是让她对周围发生的事情感到麻木。可如今，在这样一个不允许人多愁善感的地方，别人却期待她能跟周围人建立"正常"关系。于是痛苦又一次袭来。

　　加入乐团后前十天，维奥莉特感到迷茫。她发起了高烧，手臂的发炎处肿得就像鸡蛋一样，还有了斑疹伤寒的初期迹象，再加上她一直没有走出丧亲之痛，身心剧痛让她发出阵阵呜咽声，乐团每个人都躲着她。很显然，伤寒会传染，那种让人情绪崩溃和自我了断的抑郁也同样会传染。

　　加入乐团十天后，维奥莱特被送进了营区病房，斑疹伤寒和高烧几乎让她不省人事。她手臂的化脓处被切开，没有棉花敷料，就用压花纸代替，直接敷在切口上，用松散的绷带固定住。几天后，伤口的瘙痒越来越严重，维奥莉特实在忍不住，于是撕掉几乎焊在手臂上的绷带：那伤口长虱子了！这些还不算完，病房的医生看到维奥莉特撕掉绷带，扇了她一巴掌，说接下来几天，别指望还会有人给她换绷带，维奥莉特更加不知要怎么办才好。

　　整整三个星期，维奥莉特几乎处于昏迷状态，水米不进。尽管如此，她还是通过了"筛选"，哪怕她的精神极度虚弱，她的求生意志还是占了上风。所谓的"筛选"是指门格尔或另一位纳粹"医生"在三秒钟内对住院的囚犯进行诊断。那些经诊断太过虚弱的人会被带到A营25号牢房，在接下来的一两天内被毒死。这些被选中的人完全了解等待自己的是什么命运，不像那些刚被关进集中营时被选中的受害者。

哪怕维奥莉特虚弱得站都站不起来,她还是通过了第一轮筛选。可是这样大病一场之后,自己还能派上什么用场呢。她只知道,如果她被分到左边那一队,等待自己的就是死亡。此时的她必须利用自己作为乐团成员的身份,让人把消息带给阿尔玛,因为阿尔玛可能有法子不让她被送到25号牢房。

在营区病房的前三个星期,牢房管事让维奥莉特把丽娜·凯蒂(Rina Ketty)当时那首全球热门歌曲《我将等待》(*J'attendrai*)的歌词听写下来。作为回报,维奥莉特得到定量配给的面包,这些面包她连摸都舍不得摸,而是自豪地放在床脚边上。没一个狱友来病房探望她,可见她在病房是多么与世隔绝。

维奥莉特彻底意识到其中的利害关系,又成功通过第二轮筛选。她决心用上其他囚犯为了通过筛选所用的技巧:收紧腹部肌肉,摆正姿势,收紧臀部,昂起头,挺直脖子。"我明摆着很健康啊,你怎么会觉得我不健康?"那些被选中的人会去参加一场可悲的游行,只不过那游行的舞台是屠宰场。

六个星期后,维奥莉特从营区病房出院,全部穿戴整齐之后的体重只有38公斤。她出院的日子具有象征意义:11月4日,那是她父母的结婚纪念日。

＊＊＊

在营区病房住院期间，维奥莉特有大把时间思考，现在或多或少能够理解集中营的主要生存规则。说来也巧，自己学的是小提琴而不是钢琴，命运的这番安排就像意外中彩，让她活到今天。现在她明白，深陷焦虑和抑郁，是走向崩溃的第一步。她眼睁睁看着那些穆斯林，那些匍匐在地上、被当成物体一般对待的女人，她们的生存意志已经离她们而去，甚至到了万念俱灰的地步——有的一屁股坐在穿过牢房的炉管旁边：她们的腿已经重度烧伤，整个人却没半点反应。

维奥莱特现在意识到，她必须用前所未有的方式战斗下去，而不是随随便便应付了事，当然也不会为了活命而践踏别人。她知道自己必须不惜一切代价掐灭那些胡思乱想，不去想自己被送上刑场的那一天。她梦见自己被送上卡车，被送进毒气室。维奥莉特在梦中没有挣扎、祈祷或尖叫，如果这就是自己的下场，希望自己在现实生活中也能像这样平静。她没有别的选择，只能活下去，不是一天天地过下去，而是一分一秒地熬下去。文身、羞辱、殴打，你都挺过来了。除了死亡，没什么能带走你。

从营区病房回来后,维奥莉特去普通牢房看望一个朋友,看到面前有一个人影。她在想那是谁,然后才意识到那是自己映在窗户上的影子,她连自己都没认出来。维奥莉特拿回来一个纸箱、一条毯子和一把刀(用来把面包切成薄片,涂上人造黄油),这些东西是营房病友格莉亚(Génia)的,维奥莉特想暂时借用一下。格莉亚会弹曼陀林,所以两个女孩有话聊。不过她用格莉亚的东西让每个人都不高兴,甚至比她偷了东西还糟糕:你这样做不是等于说格莉亚永远不会从病房回来了吗?维奥莱特说,等格莉亚回来之后就会把东西都物归原主。可是格莉亚死于斑疹伤寒,再也没有回来。维奥莉特还是很难融入这个乐团。

回到牢房后不久,维奥莉特就分到一项任务。管弦乐团成员平常演奏时会坐在木凳上,乐谱架摆在面前,阿尔玛则一个人站在指挥台上。不过这些用具每天都要从牢房搬到演出地点,也就是A营入门口。指挥台很重,而且是木头做的,维奥莉特的身体还是很虚弱,所以根本吃不消。

她背着那个指挥台,把全世界给骂了个遍,特别是阿尔玛。维奥莉特跛着脚,喘着气,很快就被其他人甩在后面,孤零零一人走过指挥官弗朗茨·霍斯勒(Franz Hössler)面前,后来霍斯勒的位子由约瑟夫·克雷默接替。集中营有一条基本生存原则:不要在大批囚犯中落单。但维奥莱特当时又瘦又弱,很难不被人注意到。

"这个穆斯林女孩是谁?"霍斯勒问阿尔玛。维奥莉特这下小命不保。

"我最好的小提琴手之一。"阿尔玛回答说,又一次救了维奥莉特的命。

"这样的话,你最好给她补充点营养,给她加餐三个月。"

"加餐"是一种恩惠:可以多喝一升汤,吃甜燕麦粥和白面包。这份额外的口粮还能让你用来换取其他东西,如肥皂、小刀、人情等。维奥莉特成了三重赢家:逃过第三次筛选,还得到了加餐。

回到营区时,那些在远处目睹阿尔玛和霍斯勒交谈的狱友来问她情况,纷纷表示关心。现在她是乐团一员,活下去的概率也增加了,只是她自己并不知道。后来,维奥莉特彻底融入了管弦乐团。

2

周年纪念日

布鲁塞尔，1995年4月15日

聚会在伊莲娜位于布鲁塞尔的大房子里举行，四代人欢聚一堂——来自伦敦的安妮塔·拉斯克（Anita Lasker），来自慕尼黑的伊娃·斯坦纳（Éva Steiner），还有伊莲娜的母亲、女儿、外孙和其他亲人。维奥莉特的两个孩子也来了，还有芬妮的丈夫路易斯（Louis），大家聚在一起是为了庆祝1945年4月15日贝尔森解放50周年，解放日也是您22岁生日的第二天。

这不是她们第一次聚在一起庆祝4月15日的解放纪念日。维奥莉特和我说过有关周年聚会的事情，她和伊莲娜、安妮塔还有芬妮（现在已经不在了），保持见面已经快15年了。她们聚在一起是为了回忆，而不是为了哀悼。为了自己哭哭啼啼，为了过去怨恨叹息，不是她们的风格。

她们几个会一起去餐馆或剧院。有一次，她们去听了一场音乐会，当时安妮塔在英国室内乐团拉大提琴。她们有时莞尔一笑，有时捧腹大笑。不过，每次聚会都会有那么一刻，想起那些死去的人，活着的人，那些在集中营消失的人，还有后来死去的人。她们在集中营建立的友情，永远都不会消失，外人也能感觉到这种友情的力量。每年4月15日的聚会让她们的友情更加坚固，也重申了它的意义，即使芬妮去世也没有给这些聚会画上句号。

伊莲娜认为，这次在布鲁塞尔举办的50周年纪念日聚会也应该邀请他人参与，尤其是那些幸存者的后代。维奥莉特带来一个用巧克力和坚果做的匈牙利蛋糕。她曾答应伊莲娜，要是她们在奥斯维辛活下来，总有一天会为伊莲娜做一个巧克力坚果蛋糕。蛋糕最上面，维奥莉特用扁桃仁一片一片地拼出"50"的字样。

我们见证了维奥莉特和伊娃的重逢，她们两人自1945年以来就没再见过面。尽管两人用母语匈牙利语交谈，我们听不懂她们在说什么，但在我们看来，重逢的那一幕分外动人。

* * *

  这几位乐团成员的对比非常鲜明。安妮塔,长得人高马大,头发剪得很短,额头非常光洁,眼睛深邃,言辞朴实,不加修饰。我第一次见到她,就有种似曾相识的感觉,因为维奥莱特已经把她的一切都说给我听了。我看到她时,有点头晕目眩,几乎要控制不住自己的情绪。安妮塔说法语时,德国口音让她的语速更快、更冷,也更有距离感。她用力地握住我的手,告诉我说:"你不要太过悲伤,要振作起来,我们从来不让自己陷入那些甜蜜的伤感!"

  伊娃的疏离感更胜一等。她长得纤弱,五官也精致,立即让我想起了瓷娃娃,脆弱而珍贵。但她可比瓷娃娃坚强:她活了下来,并且还会继续活下去。她是歌手,说起话来依然有些抑扬顿挫。伊娃一口东欧口音,让原本有些尖锐的声音变得柔和。她记不住人,即使到现在我还有一种印象:伊娃想抛开那些痛苦的记忆,好逃离那些可怕的景象和噩梦。她不记得自己曾经在集中营唱过的歌。奇怪的是,谈到玛丽亚·曼德尔(Maria Mandl)时,她把对方叫作"曼德尔夫人"(Frau Mandl),囚犯和党卫军看守之间那种你尊我卑的关系不经意间就浮现出来。

我紧紧拥抱了伊莲娜,不仅是为了您,也是为了我自己。我是代表您来参加聚会的,但我们并不打算过多地谈起您,因为这是一场关于幸运和生命的聚会。芬妮的丈夫路易斯不知道我是谁,在想我是埃尔莎的哥哥还是丈夫。都不是,我是埃尔莎唯一的儿子。

今年的周年纪念聚会刚好是逾越节,是纪念以色列人出埃及的日子。可是,我发现很难把您经历的一切看成是慈悲之神对您的考验。英国武装部队把你们从贝尔森解救出来,我很难感同身受。对我来说,这场解救也不可能是上帝之手或者摩西转世,化身为伯纳德·蒙哥马利(Bernard Montgomery)元帅——阿拉曼战役的英雄所为。伊娃坐在桌子那一头,离我很远。安妮塔在聚会途中抽了一会儿烟,又睡了一会儿。维奥莉特叹了口气。她感觉非常无聊,在椅子上有点坐立不安。伊莲娜倒是心情愉快,她让我坐在维奥莉特的左边。伊莲娜淡淡地笑着,肯定是在想您。我也在想您。仪式结束后,我们就可以互相交谈了。我常常沉默不语,看着她四个人,那场景令人感动和着迷。维奥莉特的儿子奥利维尔(Olivier)有点紧张,他不想错过这次聚会的任何一幕。

* * *

当时我肯定在想,用个什么办法把您的故事保存下来。您、伊莲娜和芬妮之间的纽带是如此之强,任谁都无法穿透。我既不想,也没有能力参与其中。你们几人的种种经历,远远超出我的理解范围,哪怕试着参与都是荒谬的。虽然我感觉自己被排除在你们的友情之外,但我深深地为您和其他人感到高兴,因为这种友情能够存在并延续下去。我不再像以前家里人崇拜您的时候那样感到愤怒和沮丧了。

伊莲娜、维奥莉特和安妮塔之间也存在类似的纽带。外人几乎可以察觉到这种纽带的力量,她们也乐于谈论,这种友情为什么可以维系下去。我可能会通过她们几个人的经历了解您的一些事情,您在世的时候,那些我没注意到的事情,那些您去世之后,我再也无法了解的事情:那是您情感的回响,那是您在那段时光尝过的痛苦。

最后,管弦乐团的这几位女性,这些经历过您所有经历的人同意我的请求,允许我通过她们的种种经历了解您,通过那些您从来不让我靠近的过往了解您。最后,我终于可以收起这种挥之不去、擅自闯入的感觉——闯入不属于我的故事,闯入我不该去的地方,故事中的人物应该会因为承受的一切苦难沉沦到极点，最好把那段往事都埋藏起来。

安妮塔坐火车回伦敦之前，我和她谈了一次。她认为自己知道我想要什么；对她来说，就是和我谈谈您的事情。她特别问起，我们这些"后来才出生的人"，到底缺了什么？我们没有经历战争，也没有缺衣少食，不至于活不下去。我向她坦言，母亲对那段时光保持沉默，对我来说是多么痛苦。安妮塔立刻明白了，因为我这个回答证实了她听说过的事情。我问了她一个问题，自从我与维奥莉特见面后，这个问题就一直困扰着我。别人一直告诉我，我的母亲温柔宁静，从来不会记恨别人。不能否认，母亲人生的前20年，家里的日子并不好过，所以到了集中营会乖乖听话，逆来顺受。我和您过的是正常世道下的平凡日子，可以肯定：您不会为了自己争取什么，不管这种争取的结果如何。但是人在比克瑙集中营，怎么可能一直保持温和宁静的状态，却又活下来呢？

安妮塔回答了我。您活下来可能关键是靠运气，虽然您后来没什么好运气。此外就是朵拉（Dora），一个您试图保护的14岁女孩，她是您活下去的动力。

朵拉……我以前在家里听过这个名字，那时我还不用听大人的话。我眼前浮现出一个孩子，您小心翼翼，竭尽所能来保护她：安抚她，对她微笑，给她希望，给她一块面包或肥皂……你们就像两只被困的小鸟相互依靠。我看到您愿意代替朵拉去死，您好像从一开始就下定了决心。

我明白，只要牵涉到其他人，您那强烈的责任感就会让您无法放手。我的心中生出一种隐隐约约又荒唐又可笑的嫉妒。是不是朵拉已经耗尽了您的所有精力，让您再也无法集中精力照顾几年后出生的我？我看到您在比克瑙保护这个孩子，这些画面涌入我脑海。您的余生虽然和我在一起，心却留在了比克瑙。我的身边只有父亲，一位如此疏远、疏远到近乎抽象的父亲。

我想起在妹妹家发现的一张纸，上面写有您从梅赫伦转移、被押送到比克瑙的日期：20号车队，1943年4月19日，那是您20岁生日之后的第五天。我为您感到难过，转眼间，我脑海里又一次浮现出您和朵拉在一起的画面，我从来没见过这个叫朵拉的女孩。

比克瑙，1943年4月

一到比克瑙，埃尔莎就从骨子里感觉到：死亡无处不在。从她跳下车厢那一刻开始，她就不得不抛弃以前学过的那些令人称道的礼节：礼貌、低调的优雅和自我克制，她家里一些人甚至管这些礼节叫作"服从"。在坡道上,她目睹了那些最弱小、最不灵活、最脆弱的人的遭遇;而以前,她一直学着尊重这些老弱病残。在震耳欲聋的喊声中,殴打像冰雹一样落下。嚎叫和吼叫声推着他们前进,所有囚犯都被分成两队;男人站一队,女人和孩子站另一队。喊叫声越来越刺耳,这个队的人呼唤那个队的人,丈夫呼唤妻子,孩子呼唤父母亲。

一切来得没有征兆,也没有任何人给埃尔莎提个醒,迎接这无穷无尽的痛苦,迎接纳粹疯狂的命令。纳粹用警棍殴打挤在一起的囚犯,让他们听指挥。一群身穿条纹囚服的行尸走肉冲进车厢,从那些被驱逐出境的人身边搬走成千上万个包裹和行李箱,用大水管喷水,清洗车厢地板。

囚犯分成两队,开始往前走,朝火车头的方向走去,有几辆卡车等在右手边。囚犯上车的动作很慢,但没有挨打。

接着,节奏快起来。没过多久,埃尔莎就发现自己站到了一名党卫军军官面前。那军官用鞭子不紧不慢地打了个手势,示意埃尔莎去左边。左边那队是女囚,大多是年轻妇女,没有孩子,也没有老人。很明显,她是因为一些特征才被选中的。可是为什么短短几秒钟就能判断一个人的特征呢?

另一位年长的囚犯在被关进集中营不久之后,透露了埃尔莎身边那些未被选中的人的遭遇，埃尔莎一下就被推到崩溃边缘。她现在知道那缕灰色烟雾来自哪里，肉体和脂肪烧焦的臭味渗进每一个地方，渗进她们的衣服里，渗进隔离牢房的每一块砖头里，甚至渗进脚下的泥土里——那是奥斯维辛集中营的泥土，每天都有成千上万的女囚走过、踩过和踏过的泥土。

* * *

4月22日，埃尔莎被押抵奥斯维辛，那是她20岁生日之后几天。埃尔莎在梅赫伦没有过这个生日，自从家庭破裂，家里人已经很久没有为她庆祝生日了。虽然埃尔莎学习好，前途光明，却不得不停学，帮她那当皮革工人的父亲打下手，制作豪华手袋和皮带。这样的生活基本没有欢声笑语。埃尔莎隐隐约约有些想家，可是很快就断了想家的念头，因为一想到铁丝网外面的生活，她就觉得很痛苦。在20岁这样的年纪，她本来可以去做很多琐碎闲杂但又不可或缺的事情，比如看看电影、听听音乐、跳个舞之类的……现在却被剃光头发，像动物一样打上烙印，衣衫破烂，被关在噩梦里才会出现的地方。绝对没有人能想到，世上居然还有这样的地方。就这样，埃尔莎被关进比克瑙，没想到光是带刺的铁丝网，就把她与整个世界隔绝。

在隔离牢房的时候，埃尔莎感觉自己能听到音乐声，演奏不够干脆利落，有时候也没什么节奏感，但总的听上去，有点像舒伯特的《军队进行曲》（*Military March*）。埃尔莎每天能清清楚楚听到两次这样的奏乐声，一次是早上六点左右，一次是晚上七点左右。埃尔莎没有手表，但感觉这些演奏虽然算不上有板有眼，但演奏时间是有规律的。在这座嘈杂不安宁的集中营，在一天关23个小时的牢房里头，风偶尔会给埃尔莎吹来一些零星的音符。她能听到笛子声，甚至还有手风琴声。

在这个跟外界隔绝的世界里，音乐的出现显得格外怪异和反常。不过埃尔莎这时候的首要任务并非找出音乐来自何处，光是多活一两天，就已经难上加难。

活了这些年，埃尔莎第一次告诉自己要振作起来。虽然按照性格，她会让自己沉沦下去，在沉默中死去，就像有时候第二天早上醒来，床板上有两三个或十来个女人无声无息地死去一样。她眼睁睁看着有些囚犯冲向带电的铁丝网，在噼里啪啦的一阵火花中死去，她也见过囚犯小心翼翼穿过禁区，那里离铁丝网只有几米，谁要是冒死踏出禁区，就会立刻被瞭望塔上的哨兵射杀。她也想像那些囚犯一样，一死了之。

埃尔莎不知道和自己同时被捕的父亲是吉是凶，也不知道自己的三个兄弟命运如何，他们藏在布鲁塞尔某个地方。对20岁的女孩来说，被关押的痛苦再加上亲人生死未卜，是非常沉重的负担。

但是朵拉的存在，改变了一切。

朵拉和父母还有姐姐住在滑铁卢某栋公寓楼的一楼，埃尔莎一家也住在这栋房子里。朵拉有些喜欢埃尔莎的兄弟路易斯（Louis）。很久之后埃尔莎得知，她们被盖世太保抓住之后，路易斯徘徊了一整夜，有几个小时，他甚至在想，能不能用自己把埃尔莎从盖世太保那里换回来，真是侠骨柔肠又荒唐可笑。

埃尔莎对朵拉有着说不清的内疚。两人被捕后，一起被赶上一辆民用巴士，押往布鲁塞尔的盖世太保总部。那里有比利时宪兵和有些凶残的德国士兵看守。朵拉曾想逃跑，但埃尔莎不敢跑，就像平时一样怕事。

从那时起，埃尔莎就觉得要对朵拉负责。朵拉一直在哭，紧紧地靠在埃尔莎旁边，见人就怕，有任何风吹草动都怕。埃尔莎的内心其实也不够强大，但是为了让朵拉放心，她表面上假装平静，对未来充满信心。现在为了朵拉，埃尔莎要做到自己原以为永远做不到的事情：努力活下去。她要在这个每天都被压力笼罩的世界活下去，对抗每天目睹非人道行为带来的那种绝望，对抗她在童年和青少年时期养成的、影响她一生的那种顺从。

* * *

我最近了解到，您可能是被那栋公寓楼的房东告了密。您没有怨恨过谁，也很天真，说明您在被捕期间从来没想过自己是被谁告了密。

被关进集中营不久后，一名跑腿的囚犯来到牢房问她们当中是否有人会乐器。埃尔莎当时没有想到自己很久以前学过几年小提琴。想不到也正常，她很可能觉得自己上不了台面。狱友伯莎（Bertha），埃尔莎在集中营找到的远房表亲，把她推到前面，让她去试一试。

埃尔莎跟着跑腿的囚犯穿过A营、隔离营、哨所，接着穿过A营和B营中间的无人区，来到一个木头砌的牢房里，这个牢房离烟囱和不断冒出的浓烟很近：当时不断有囚犯从欧洲各地被押送到这里。

一进木头房子，埃尔莎就像进入另一个世界。这里没有尖叫声，也没有其他牢房弥漫着的那种自暴自弃的气氛。这栋牢房还没修好，参照的是其他木头牢房的标准样式，拉格大道女囚营右边大多都是这样的木头房子：每个牢房有两个房间,中间用木板隔开。

埃尔莎来到第一个房间,看到十几个女囚正在用完全东拼西凑起来的乐器演奏军队进行曲。要说这个牢房很有学习氛围都不为过:砖炉几乎是热的。

令埃尔莎感到惊讶的是,房间里居然有两个拉手风琴的、三个吹单簧管的、一个吹长笛的、一个拉大提琴的、两个拉小提琴的,还有吉他手、曼陀林手……在主厅的角落里,摆放着一张供抄写员(Schreiberinen)使用的桌子,她们负责把指挥的编曲抄写到稿纸上。跟主厅挨着的是另一个隔间,用作牢房头目的卧室。

虽然乐团的演奏算不上十分出色,但至少埃尔莎现在明白了,早上和傍晚在牢房听到的音乐声是从哪里来的。一个高大强壮的女人用带波兰口音的德语问她会什么乐器,学了多久,后来又将一把小提琴和一张乐谱放在她的面前,埃尔莎的惊讶变成了惶恐。

虽然埃尔莎在这个非人的世界学到一点生存之道,但她还有很多东西要学。加入乐团必须先通过试演,这就是她被带到这个木头房子的原因。埃尔莎站在乐团成员和不可一世的波兰女士佐菲亚·柴可夫斯卡面前,费力地拉着小提琴。她对自己的演奏水平没什么信心,心想自己肯定会落选。

要么是出于同情,要么是因为柴可夫斯卡的音乐鉴赏水平不高，或者说得直白一点，她没法在集中营里挑三拣四，柴可夫斯卡似乎没觉得埃尔莎拉得不好："这样，我会让你加入乐团。你必须每天来这里练习，隔离期结束之后才能住在这里。现在去跟其他人一起练吧。"

* * *

所谓其他人，其实就是乐团其他成员。乐团有两个希腊的手风琴手：伊薇特·阿萨埃尔（Yvette Assael）和她的姐姐莉莉。姐妹俩的对比非常鲜明，莉莉个子小，圆润敦实，看起来很强壮，很有自信，老是奚落比她小10岁的妹妹。有时候乐团成员会受不了她的愤怒和咆哮。伊薇特则很害羞，会对新来的女孩投以会心的微笑。伊薇特当时年纪很小，不到15岁，深色头发，长得瘦弱，即使穿着条纹囚犯服也不难看。小提琴手希尔德·格林鲍姆（Hilde Grünbaum）是一位年轻、黑头发的德国犹太人，勇敢而坚定。埃尔莎将和她一起演奏小提琴。希尔德目睹家庭被毁灭，却没有崩溃。她加入某个犹太复国主义组织已经好几年，一开始还跟同伴讨论是否应该加入管弦乐团。希尔德接受过良好的音乐训练，包括音乐理论、和声和小提琴学习，任何"出身良好"的年轻德国女孩都会接受这些训练，至少在纳粹重新定义"出身良好"之前是这样。理论上，希尔德可以毫不费力地加入管弦乐团，但这是一个良心问题。自愿加入纳粹组织的活动岂不是同流合污吗？不过经过一番讨论之后，犹太复国主义组织的同志决定她不仅应该加入这个新组建的管弦乐团，而且还要尽其所能，帮助组织中稍微有点音乐能力的成员也加入乐团。希尔德后来成为第一个加入集中营管弦乐团的犹太人。

那个犹太复国主义组织的其他成员跟希尔德被编入同一个车队，押到集中营：露丝·巴辛（Ruth Bassin）、西尔维亚·瓦根伯格（Sylvia Wagenberg）和她的姐姐卡拉（Carla），她们会吹一点竖笛（Blockflöte），就像所有上过德国学校的孩子都会一样。不过更重要的是，她们识谱，因此立即被乐团录取。卡拉像莉莉一样，也经常批评自己的妹妹。

紧挨着她们的是领队克罗纳夫人（Mrs Kroner）。大家出于尊重，都叫她"阿姨"或克罗纳夫人，连柴可夫斯卡也这样叫她。在年纪最小的伊薇特眼中，克罗纳肯定差不多有90岁，因为跟自己相比，克罗纳显得那么老。克罗纳"阿姨"战前是专业音乐家，在某个交响乐团中吹奏长笛。她的姐妹玛丽亚（Maria）是大提琴手，到集中营不久后便开始抱怨说头痛和虚弱。这是伤寒的最初信号，后来玛丽亚很快就死于伤寒。

乐团有几位准小提琴手,大多是波兰妇女,包括亨利卡姐妹(Henrykas),还有玛丽亚。乐团还有曼陀林手和吉他手,另外有几个波兰人,还有两个乌克兰人布罗尼亚(Bronia)和舒拉(Szura)。乐团加起来总共只有十几个女人,但已经算得上一座名副其实的语言巴别塔了。莉莉和伊薇特用希腊语交谈和聊天,希尔德、西尔维亚、卡拉、露丝和克罗纳姐妹用德语交谈,吉他手布罗尼亚和舒拉则用俄语和波兰人聊天。

所有乐团成员都会用集中营令人闻风丧胆的语言——德语交流,但是交流起来很困难,也带着明显的波兰和俄国口音。比如,那些负责营房杂务,按照军规整理床铺,尤其是负责分发牢饭的女囚,纳粹给她们起了个名字:营房勤务员(Stubendienst)。波兰集中营则管她们叫"Stubowa"(勤杂工),这是波兰语对营房勤务员的蔑称。与此类似,乐团牢房头目(Blockälteste,字面意思是牢房管事或负责人)柴可夫斯卡被叫作"Blockowa"(牢房头目)。

埃尔莎出生于德国,但1933年10岁时离开这个国家,因为她的父母无疑比其他人更了解纳粹主义的猖獗。她和家人沦为难民,落脚法国,后来又逃到比利时,那时的埃尔莎已经漂泊了很长一段时间。不过,埃尔莎能说流利的意第绪语、德语和法语。她将充当乐团翻译,在这个由德国人、讲法语的希腊人、法国人和比利时人组成的小团体中架起沟通的桥梁。

埃尔莎讨厌吵架，她在家里已经受够了父母亲吵架。直到集中营的日子快结束那段时间，她还经常在乐团帮着打圆场，调和成员之间不可避免的分歧，消除语言上的误解。不过，在乐团演奏也说明埃尔莎可以更好地保护朵拉。

乐团的人经常发现朵拉在乐团的牢房门前等着。她害怕那位身材魁梧的波兰牢房头目，不敢进门，只敢在门外等着埃尔莎出来见她。朵拉发现乐团的牢房更安静，于是经常来。50年后，她会告诉我，每次集中营"筛选"囚犯的时候，她就会躲在埃尔莎的床下。埃尔莎用文静的方式来安抚朵拉，她总是很温柔，从来不对朵拉说急话，还把任何能弄到手的东西给朵拉，不管是面包也好，暖和的衣服也好，还是睡前的一吻也好，这些都是为了让朵拉能在集中营活下去。

后来，也许是在埃尔莎的帮助下，朵拉进入营地仓库（Kanada）工作，这个劳工队负责整理刚刚被关进奥斯维辛集中营的囚犯的衣服。

3

恰空舞曲[7]

---

[7] 《恰空舞曲》(*Chaconne*)是典型的巴洛克时代音乐作品,采取连续变奏的形式,典型特征是短而重复的低音或和声变奏。

布鲁塞尔，1995 年 4 月 16 日

把伊娃送到布鲁塞尔南站之后，伊莲娜带我去见我舅舅，也就是您的兄弟路易斯。一路上，我们谈起了音乐。我先开的口，我说自己喜欢摇滚，纯粹的硬摇滚。接着伊莲娜跟我谈起她喜欢的音乐、她的故事，特别是她演奏过的那首《恰空舞曲》。

您去世之前，伊莲娜已经有30多年没有见过路易斯。在我的请求下，她又说起了《恰空舞曲》。路易斯拿起他的吉他弹起来。他弹得不是很顺手：那把吉他的调子不对，质量也不好。可是伴着吉他声，伊莲娜明显放松下来，露出了微笑，这时她美丽的蓝眼睛好像都比平时明亮了几分？

我从小就知道这首曲子对您很特别，有很深的含义和不为人知的价值。我再次对您感同身受,明白了那些我之前想不明白、和您有关的事情。对您而言,《恰空舞曲》就是比克瑙,那是无法修复的回忆,但它也把伊莲娜带入您的生命中,那一次,您的意见决定了他人的生死存亡。您没有这首曲子的小提琴版本,但是有吉他版本,由安德烈斯·塞戈维亚(Andrés Segovia)演奏,我在您科隆的家里听过。您有很多张唱片不让我碰,这张就是其中之一,只有您才能把它放进唱片机。您是不想让我刮伤唱片吗?还是不想让我和您的过往独处呢?

对我和路易斯来说,这首我们熟记于心的《恰空舞曲》将不再是以前那首《恰空舞曲》。哪怕我们垂垂老矣,我们的眼前还是会浮现出伊莲娜的样子,那个孩子,满脸泪水,站在乐团满脸惊愕的女孩子面前,站在那个满是疯狂和屠杀的地狱中。

后来,舅舅告诉我,有时他弹奏这首曲子,情绪会一浪高过一浪,甚至不得不停止弹奏。我经常把这个故事讲给亲戚或陌生人听,每当我提起这个故事,仍然需要努力保持平静。这是伊莲娜和她的小提琴的故事,这位陷入深渊的艺术家,用那短短几分钟,为乐团成员带来一线光明,用安安静静的演奏诠释了英雄气概。那一刻只有自由自在的音符,只有音乐,没有军队进行曲,也许那几分钟让您逃离了集中营,暂时回到正常人的世界。你们是一串数字,是活在比克瑙的影子,你们没有哭,但是活了下来,后来大家突然哭了起来。这些泪水是因为音乐把你们带回正常的人道世界而流,因为您也哭了,不是吗?

布鲁塞尔,1943年6月

伊莲娜和比她小五岁的弟弟里昂(Léon)住在布鲁塞尔。1928年,两人的父母从波兰来到这里,当时伊莲娜只有一岁,自从纳粹入侵比利时,紧接着推行一系列反犹太主义措施以来,一家人一直躲在地窖里。伊莲娜的父亲是做橱柜的木匠,母亲则负责打磨木材,两口子靠制作动物形状的抛光桃花心木,再由比利时商人卖到市场上来养家糊口。

伊莲娜是天生的音乐家。当她第一次听到小提琴曲——巴赫的《小提琴帕蒂塔》(*Violin Partita*),就有一种油然而生的使命感,说服父亲给自己买了一把二手小提琴。虽然是二手琴,但对这个日子过得紧巴巴、拆了东墙补西墙的家庭来说还是很昂贵。不过,伊莲娜还是有了一把小提琴,并从11岁开始学琴。按照当时的标准,这个年纪学琴已经相当晚了,但她很有天赋,进步飞快,在圣吉尔学院学习期间,还在家里练习,后来进入音乐专科学校深造。

很早之前,人小胆大的伊莲娜就已经自己学着拉巴赫的奏鸣曲,不过没有真正掌握必要的技巧。后来,伊莲娜继续跟随老师学习短小的古典乐曲,包括贝多芬的A大调和F大调浪漫曲。伊莲娜的父母用自己的方式支持女儿——母亲为她自豪,无条件地支持她;父亲在工作时听她演奏,在她遇到困难的乐章时鼓励她,一遍又一遍地给伊莲娜打气:"你一直在那把小提琴上锯过来锯过去,什么时候可以拉一首完整的曲子呢?"

伊莲娜学的是"舍夫契克"小提琴技巧,俄罗斯的音乐学院教的都是这种技巧。舍夫契克针对小提琴所有技术难点进行集中训练,一旦把这些难点攻克,学生自然就会拉小提琴。伊莲娜迫不及待,马上开始练习最初把她引上学琴之路并令她迷恋的那首曲子——《恰空舞曲》,这是巴赫《D小调帕蒂塔》(*Partita in D minor*)的第二乐章,用小提琴独奏。这首曲子堪称典范作品,最开始的主旋律包括几十种变奏,难度让人不寒而栗,很多人都不敢尝试。伊莲娜觉得自己可以试上一试的时候,便孜孜不倦地练习这首曲子,每次都练到筋疲力尽为止,而且几乎是偷偷摸摸地练。音乐学院的老师没有发现她在偷偷练,要是他们知道她胆子这么大,肯定会惊叫的。

面对纳粹迫害，伊莲娜的父母想尽办法保证孩子的安全，但他们也没有多的办法。一种办法是把孩子藏在天主教收容机构，但是又担心孩子改变信仰，抛弃原有文化。伊莲娜的一位音乐理论老师便建议他们把孩子送到这样的收容机构。还有一种办法是让年仅14岁的伊莲娜接受包办婚姻，跟音乐学院一位年长的同学结婚。

结合当时种种因素，伊莲娜父母倾向于第二种解决方案。一旦结婚，伊莲娜就能自动获得比利时国籍，人身安全应该能得到保证。另外，伊莲娜的父母还跟准女婿和亲家商量好，等危险过去，就解除婚姻。考虑到伊莲娜年纪小，因此向拉比[8]申请了特别豁免。这对即将结婚的新人还在市政厅排了几个小时的队，领取结婚所需的文件。遗憾的是，当时幻想比利时国籍可以保护犹太人不受纳粹迫害的人很多，但实际上这个法子根本不起作用。

两家人签署了将来解除婚姻的协议，把文件藏在一张挖空的椅子里。为了换取养老金，里昂和伊莲娜继续和"夫家人"一起生活，等待战争和迫害结束。

---

[8] 拉比是犹太人中的一个特别阶层，担任犹太人社团或犹太教教会精神领袖。——译者注

* * *

1943年6月15日清晨，三个身穿便衣的男人闯入公寓，伊莲娜和里昂被告发了。两人先是被带到路易斯大街的盖世太保总部，伊莲娜将在此接受审讯，然后被直接转移到梅赫伦。梅赫伦转运营位于一处废弃的军营，那些等着被驱逐出境的人就关在这里，等着押往建在东部地区的其他劳工营。被关在一起的家人之间，还有上下铺的囚犯之间，纷纷讨论接下来会被押往何处、会从事什么样的劳动，最关键的是彼此不要分开。梅赫伦的条件一般，食物还能下咽，生活也还像样：有裁缝和理发师。伊莲娜和里昂被关了起来，但两人关在一起。至于其他的，只能希望自己比希特勒活得长。而那些没法想象的事情，没必要去想。

伊莲娜后来在梅赫伦认识了一个比她更早被捕的年轻女孩，芬妮·科恩布鲁姆。虽然牢里乌烟瘴气，两人都是阶下囚，但还是有礼有节地向对方介绍了自己。

关进梅赫伦后不久，里昂被诊断出患有疖病（一种毛囊感染），需要住院治疗，他被处死之前接受了治疗。从那以后，伊莲娜再也没见过里昂。1943年7月31日，两人被编入第21号车队，坐上不同的火车被驱逐出境。伊莲娜坐的是正常

"车厢",也就是运家畜的小车,车上铺了稻草。里昂坐的是向东开去的"医用车",这辆车上的人在到达目的地之后都会被毒死——包括那些拒绝放弃病人的护士。

这段旅程算不上太平。车上全部是年轻人,性子刚烈,意志坚定。他们听说第一个车队的囚犯在路上成功越狱,所以不想认命,被押往德国某地的劳工营参加劳动,这些年轻人,仍以为此行目的是去劳动。他们从梅赫伦转运营偷来锯子、锤子和螺丝刀,武装起来,决定碰碰运气。他们用锯子在车厢地板上锯出一块长条状的木块,打算冒险从这个出口逃生。可是,有了之前囚犯中途逃跑的经验,纳粹加强了警备(Schutzpolizei)力量——配备了一支装备精良、训练有素的突击队,专门护送车队。试图逃跑的年轻人全部被枪杀,其中一人腹部中弹,抱着肚子,在夜里走了几公里,想找人救自己一命,结果因失血过多而死,后来很快被纳粹找到。

* * *

1943年8月2日,车队抵达奥斯维辛。当时是上午,一车人立即堕入这个难以想象的世界。车厢的门"哐啷"被打开,噩梦从此降临,党卫军大喊:"统统下车,动作快点!"要是有人走得太慢,半天还没走到斜坡上,纳粹就会棍棒伺候。那道斜坡其实是沿着轨道的土堤，高度大致跟几百米外的集中营大门齐平。

就在一片尖叫和嚎叫声中，新囚犯被押到集中营。身穿条纹囚服的囚犯骚动起来，行尸走肉随处可见。他们把车厢里的脏稻草，还有新囚犯的行李洗劫一空，疯了一般地向各个方向跑去。一股难以形容、皮肉烧焦和腐烂的气味窜进新囚犯的喉咙和肚子。从未见过死人的伊莲娜猜测这就是死亡的味道，可怕的死亡的味道。

新囚犯被分成两队；男人站一边，女人和孩子站另一边，场面更加混乱。这头的人呼喊另一头的人，喉咙都要喊破了，好让那一头的人能听见。囚犯都一排排站好，站不好的就棍棒伺候，伊莲娜只听到阵阵嚎叫。囚犯统统站到一个神情冷漠的纳粹党卫军面前，接受筛选。那人挥舞着手中的鞭子，指向他身后左边或者右边。左边是营地，右边是沿着铁轨等待的卡车。

伊莲娜被押到集中营显然不是为了参加劳动，而是等待处决：纳粹甚至没有问她的职业是什么，就示意她站到通往集中营的那一队。她和其他"被选中"的人一起，走过一座砖砌的拱门；走过一段差不多一公里长的路，那条路通往一栋砌有尖塔的大型建筑。从近处看，它像一颗巨大的头颅，它的嘴是主要入口，两只恶毒的眼睛是窗户。她们从这条不可思议的通道走过，向左转，来到女囚营。

伊莲娜哭得停不下来，此时的她仍不知道，自己刚到这里时没有被毒死，完全出于生理上的偶然：儿童不会进入集中营，而是当场处决。伊莲娜当时长得很高大，体型看上去不像儿童。虽然她的脸庞圆润光滑，看着像孩子，她那蓝色的大眼睛难以置信地眨着，就像产生了错觉。

对伊莲娜来说，整个过程都是稀里糊涂。跟其他女囚一样，伊莲娜的头发被剃掉，她看见自己灰白色的头发，依然微微卷曲，掉落在地上，跟牢房其他女囚的头发混在一起，让她感到无助和不真实。不管从哪个角度来看，"不真实"这个词本身就意味着集中营这个地方不该存在。最后让她感到屈辱的是，她的左臂被文上数字51887。她就像一只待宰的动物，被打上记号。之后，她得学会随时快速念出这串数字，尤其是用德语念出来。从今以后，她不再叫伊莲娜·韦尔尼克，而是51887，"Ein und fünfzig acht hundert sieben und achtzig"。

纳粹给她发了一条破烂裙子，几块破布，一个碗和一个勺子，然后把她和其他囚犯一起带到隔离区，即九号牢房，新囚犯都被关在这里。这是A营的一座石头建筑，离十号区只有几步之遥，门格尔医生在那里拿囚犯当小白鼠，进行医学实验。

十来个女囚挤在一张床上，那张床用几块木板拼成，不管寒冬还是酷暑，都只有一条薄毯子。新来的女囚就关在这个牢房里，整天躺在土炕上。屋子里除了脏水，没有任何能喝的东西。讽刺的是，纳粹看守还贴了一张告示，上面写着"不要喝水"（Kein trinkbar Wasser），好像担心那些胆子大或想一死了之的囚犯喝了水之后会生病一样。事实上，这些水含有大量的氧化铁，还带有斑疹伤寒病毒，是比克瑙囚犯感染的两种斑疹伤寒中的一种，还有一种是虱子传播的。隔离期间，很多囚犯死于这种病。

* * *

在这种惨绝人寰的环境下，16岁的伊莲娜无力反抗。她不断告诉自己，这是一场噩梦，很快使情绪崩溃。一位狱友看她那副绝望的样子，想安抚她。"要是有人问起你的职业，你就说自己是裁缝。"

"可是我根本不知道怎么做衣服！"

"不要担心，我会教你的。"

伊莲娜瘫坐在牢房前面的地上，不停地哭。随后她突然想起一件事，并久久为之苦恼："我再也不能拉小提琴了！"伊莲娜在狭小的牢房里踱来踱去，粗糙的地板和鹅卵石硌伤她的脚，她一直在想自己的小提琴。在集中营还想着拉小提琴真是幼稚，真是可笑又荒谬。这番心心念念，也是一个孩子的告别，一个艺术家对生命和文明国度的告别。那个国度在时空上离她如此遥远，那个国度，没人想让她死。

正如伊莲娜向我讲述的那样，正当她认为自己再也拉不了小提琴的时候，再也没有生命活力的时候，奇迹发生了。她的原话是——"一位天使从天而降"。

一个衣着整洁、"举止文明"的年轻女孩，头上戴着白色头巾，穿着普通人的衣服，脚上穿着舒服的系带靴子，跟牢房的一群女囚聊了一会儿之后向她走来。她是纳粹分子吗？还是看守？

她用法语对伊莲娜说："看样子你会拉小提琴？"

伊莲娜惊呆了。自己能在这个地方谈论音乐吗？她已经失去一切，也明白了自己现在被关在什么地方，这个地方，就是用来处决她和她的同胞的。听狱友说起之后，她已经知道那些被纳粹选中的人，爬上在坡道等候的卡车之后是什么命运，知道一到这里就让胃里翻江倒海的气味是怎么来的，也知道B营后面那些高大的烟囱冒出的浓烟和火焰是怎么来的了。听到有人提起小提琴，她"以前"的生活又出现在眼前，就像那些折磨自己的问题有了回响，可知道答案之后却让痛苦更加深切，让她更加意识到一切已经无法挽回。

那位头戴白色头巾的年轻女孩子听说梅赫伦来了一车囚犯，想看看这些囚犯里有没有会乐器的人，不管这人的出身如何。好消息是一个囚犯告诉她，新来的囚犯里有一名小提琴手。

"是的，我会拉小提琴。"

"拉了多长时间？"

"五年。"

"她们都这么说。如果你真的拉了五年小提琴，那你跟我来。"

伊莲娜依然一脸震惊，不想跟那个女孩子走，用尽量克制的怒气回答说："我确实拉了五年小提琴，但我绝不会为了取悦德国人拉小提琴。"那女孩子又说道："闭上你的嘴巴，跟我来。"

那位裁缝狱友鼓励伊莲娜去试试。后来，伊莲娜想找到这位朋友，也是自己在集中营的第一位朋友，给她带点吃的，却得知她没能熬过隔离期，死于斑疹伤寒。

伊莲娜最后答应下来，跟着那个来接她的女孩子走了。那个女孩子把她带到B营，那里是管弦乐团的牢房所在地，她前不久剃头发也是在B营。乐团的牢房在最里面，位于拉格大道右侧的倒数第二座楼。远处的大烟囱喷出一缕缕灰色的油烟、灰烬和烟灰，笼罩着整个集中营，让周围的一切都变得更加恶臭。

从隔离区走到B营的这几百米对伊莲娜来说非常痛苦。她光着脚，拉格大道的碎石路把她的脚掌都硌破了。路两旁是一排排牢房，牢房旁边是带电的铁丝网，拉格大道穿过集中营，通向毒气室和二号火葬场，这些都是伊莲娜从其他狱友那里听说的。左边的建筑用石头砌成，右边的房子则用木头砌成。

纳粹没有给她发鞋子，因为她还没度过隔离期，而隔离期的大多数囚犯都会死于斑疹伤寒或痢疾，要不就是因为绝望而自杀。对那些管理奥斯维辛集中营的人来说，给新囚犯发鞋子，过些天还得从尸体堆里找回鞋子，简直是浪费时间。

伊莲娜被介绍给了乐团指挥佐菲亚·柴可夫斯卡。来牢房接她的那个女孩子递给她一把小提琴，然后她必须选择一首要演奏的曲子，因为她马上要开始试演，只是她当时不知道。

54年后，伊莲娜仍然无法肯定，当时为什么会在那样的情形下弹奏像《恰空舞曲》那样高难度的曲子。她谈起当时发生的事情，说："我就像一个傻瓜，就像一个白痴一样开始演奏这首曲子……"伊莲娜没有意识到她当时的选择恰好体现了她的性格。她是否意识到自己生命危在旦夕，所以决定冒险一试？她从来没有一开始就想要演奏《恰空舞曲》，她只是想着自己这辈子再也没有机会拉小提琴了，接着马上被人递上了一把小提琴。

伊莲娜是个有天赋的小提琴家，而且技艺精湛，随便给她一张乐谱，她都能毫不费力一眼读懂，把曲子演奏出来，可是她恰恰选了《恰空舞曲》。这是一首难度超乎想象的曲子，无论是小提琴独奏者，还是吉他独奏者，对这首曲子都会心生畏惧，因为这首曲子对不同的乐器演奏者会有不同的考验：在体力方面，整首曲子持续将近20分钟；在技术方面，其中一些片段非常复杂，需要对乐器非常熟稔，技艺非常高超；最后在演奏方面，如果没有表现力和对细节的把握，那整首曲子也就失去了意义。

就这样，在奥斯维辛集中营的牢房里，在那般混乱无序和惨绝人寰的环境下，伊莲娜将带着这是她生命中最后一次演奏小提琴的决然，诠释巴赫所谱乐曲的和谐与平衡带来的宁静。

伊莲娜几个小时前才被关进集中营。在那个坡道上，她的弟弟被带到另一个地方，而且她后来很快就知道那地方是毒气室。她衣衫破烂，无依无靠，被剃光头发，像牲口一样被打上烙印，她想着自己很快就会死去。就在她身后一百码（约91.44米）的地方，火葬场正在冒着烟，火焰从焚尸炉中窜出来，纳粹分子正在焚烧她的同胞，那就是自己的结局。她必须演奏小提琴，就像在尸体上跳舞一样。也许是为了挑战，为了向生命致敬，准确地说，正是因为在这个只有死亡才是定局的地方，她才要演奏自己最最心爱的曲子。

她站在管弦乐团牢房的音乐室里，指挥台旁边的桌子围成半圆形。每当柴可夫斯卡认为自己在指挥乐团的时候，通常会坐在那个台子上。乐团牢房光秃秃的木墙围成一块令人压抑的幕布，毋庸置疑，这块幕布的音响效果非常差。伊莲娜调好音，试着拉了几个音符，然后开始演奏。她已经融入《恰空舞曲》，没有什么可以伤害她，她正在讲述自己的内心世界，她可以在那里避难。

随着曲子的推进，周围的演奏者听得越来越投入：奥斯维辛集中营的时间凝固了，伊莲娜演奏的这首曲子，让她们又暂时回到"文明国度"。过了一会儿，也许是和音急速演奏那一段，也许这段旋律太过优美，以至于美到让人心痛，伊莲娜发现自己在哭。但她没有停止演奏，因为在拉小提琴的时候，音乐能让自己忘记奥斯维辛的存在，忘记痛苦，忘记她那殉难的弟弟，忘记党卫军的叫喊声和恐怖的嚎叫声，忘记殴打和谋杀。对当时在场聆听的所有乐团成员来说，这首曲子让她们想起一个失去的世界，一段在其他地方的生活，还有已经四分五裂或支离破碎的家庭。这首曲子凝结了和平与秩序，这是纳粹给不了的东西，这首曲子给她们带来了短暂的希望。很快，在场的其他女孩也像她一样哭了起来。克罗纳夫人，这位40岁的"老前辈"，她那温柔的蓝眼睛流着泪水，她的脸就像精致的瓷娃娃。柴可夫斯卡在哭，伊莲娜的那位新朋友也在哭，也就是把她从第九区带出来的那个女孩——埃尔莎也在哭。

伊莲娜拉完最后一个和弦，接着一片寂静，她通过了试演。规定的隔离期结束之后，伊莲娜成为乐团"成员"，就像"现实世界"管弦乐团的成员那样。而50年后，在克诺克的海滩上，伊莲娜用她那动听的声音和清晰的话语，有点深思熟虑又有点困惑地说道："其实仔细想想，那首《恰空舞曲》，当时我拉得不是很好。"

隔离期还没结束的时候，伊莲娜每天早上都去B营的管弦乐团牢房，然后再回A营儿区，根据规定，她每晚都要接受点名。这意味着她要穿过B营的大部分区域，还能看到党卫军清点拉格大道两边牢房前面一排排摆放的尸体。她穿着破烂衣衫，光着脚丫，走回自己的牢房，这些是音乐无法掩盖的事实。她的双脚肿得越来越厉害，还成了青色，疼痛难忍。就在她的那双脚快要感染的时候，集中营的玛拉·齐内特鲍姆给了她一双舒服的鞋子。

伊莲娜在梅赫伦认识的芬妮仍然被关在隔离区的牢房

里，芬妮的母亲也在，但她的妹妹和祖母刚到奥斯维辛就被毒死了。虽然家人连遭不幸，但芬妮的母亲把周围发生的一切都看在眼里，而且人也灵活，做事也主动。她看明白了伊莲娜这些天是怎么回事。有一天，伊莲娜排练回来，她便去找伊莲娜："你能帮帮我女儿吗？她和你一样会演奏乐器，她会弹奏曼陀林。"

伊莲娜非常高兴能派上点用场，就像埃尔莎帮过自己那样。她问柴可夫斯卡，芬妮是否可以加入乐团。后来芬妮通过试演，真的加入了乐团。

三个年轻姑娘意识到对方有恩于自己，友情变得更加牢固。芬妮的母亲在女儿加入管弦乐团之后死于斑疹伤寒，也正是埃尔莎和伊莲娜奉命将消息带给她，说她的母亲没有挺过去。

这就是"比利时三重奏"的前世今生。这个小团队永远不会瓦解，虽然埃尔莎1964年去世，芬妮1992年去世，但三人中的最后一人，伊莲娜依然活着，而且会像以前那样活着。

4

言语的重量

巴黎，1995 年 12 月 10 日

我的后背疼得厉害，胸骨就像被老虎钳钳住一样疼，左臂麻木……我的生命，有"前半段"和"后半段"之分。以拉里博瓦西埃尔医院手术台为分界线，在我以为自己即将死亡的那一刹那，我的生命分成了前后两半。我对自己说："啊，好吧！"然后大喊一声，让自己活了过来。即使躺在手术台上，即使在绝望深处，我也没有呼唤您。

我睡不着，躺在心脏病科的病床上，邻床的病友睡着了会打呼噜，发出吱吱呀呀的声音，还有嘶嘶声：我以前从来不知道人的胸腔会发出这种声音。有个念头让我整夜无法入睡：你们中大多数人都是在青春期快结束时的关键时期被关进比克瑙，即16至20岁之间。我在想，纳粹如何偷走你们长大成人的那一刻，永远按下暂停键。现在我的岁数已经永远超过您，我会永远拥有一位永远年轻的母亲，时间流逝已经与您无关。

几个月来，我一直在与一位纪录片制作人联系，他对这个故事感兴趣，这个属于您、属于我，也属于奥斯维辛女子管弦乐团的故事。我和他一起去巴黎见了维奥莉特，去克诺克见了伊莲娜，我们又和她谈起演奏《恰空舞曲》的那段经历。从那时起，我心里就有一股冲动，想拍一部电影或写一本书，或者两者都做，尽可能把乐团成员能讲述给我们的情节还原，把那些已经无法开口的人的事情还原。

感谢乐团幸存者之一法尼亚·费内隆（Fania Fénelon）的工作，我们能够了解维奥莉特和伊莲娜受到的伤害。法尼亚的书《集中营血泪》（*Sursis pour l'orchestre*）于1976年出版。这本书被翻译成多种语言，成为阿瑟·米勒（Arthur Miller）所编电影剧本的基础，当纳粹浩劫逐渐淡出历史电影的框架，被更"体面"的小说或电视连续剧，比如《苏菲的选择》（*Sophie's Choice*）、《逃离索比堡》（*Escape from Sobibor*）、《大屠杀》（*Holocaust*）等取代的时候，这本书一时成为人们争议的焦点。

我在您的一个兄弟家里翻阅过法尼亚的书，出现您名字的每一页我都看了。书的后记追溯了乐团幸存者在1945年解放后的命运。谈到您的时候,我大吃一惊,书中说您差不多一解放就去了美国,在那里结婚,不久之后去世。您在解放后的事迹法尼亚都没有费功夫去验证,那整本书的可信度都要打折扣。

* * *

我开始和维奥莉特合作。她向我表示,会毫不保留地和我谈论管弦乐团的事情,按照我一贯的把握来理解,她的意思是我够得上听她讲述往事的资格。我们交谈时,维奥莉特的记忆力、幽默感和丰富的表达让我眼花缭乱。尽管她时不时对我的这项工作有些担心,但在她看来,我的做法值得尊敬。她的支持对我来说非常珍贵。

我们的谈话严肃认真,有时还充满了戏剧性情节,但除此之外,我们没有去墓地悼念任何一位逝去的人,因为这项工作要的不是守灵的那种肃穆。我们还经常大笑,一支接一支地抽烟,一壶接一壶地喝咖啡,吃着满是奶油的蛋糕,这是维奥莉特为了欢迎我来而做的。她家经常有烤苹果、肉桂和东欧糕点的味道:这就是生活的烟火气。

维奥莉特谈起她经历过的趣事和怪事,她那活泼和叛逆的神情让我对您的日常生活有了更多了解,而且不亚于那些催人泪下、记述不一定准确的纪录片所传递的信息。

比克瑙，1944 年 6 月

夏天很快来临：波兰的夏天，肯定会让您感到窒息。天空是铅灰色的，因为集中营周围的土地会跟一排排牢房上空的黄色烟尘连成一片。唯一荫凉的地方是营地后头的白桦树下。犹太勤杂队（Sonderkommandos）正在空旷的地方艰难地焚烧火葬场堆不下的尸体。日子一天天过去，拉格大道的沟渠里不断长出丛丛可怜的小草，就像每天的大屠杀那样周而复始。

自从4月开始大规模屠杀之后，把匈牙利犹太人押送到集中营的事情变得没那么要紧，不过还是不断有新囚犯被送来。伊娃·斯坦纳、莉莉·马特（Lili Mathé）和伊比（Ibi）就是随其中一个车队来的。她们告诉我，纳粹3月入侵她们国家，采取种种迫害犹太人的措施，另外还跟我聊了第一批被驱逐出境的人。火葬场的火焰和烟雾现在已经没那么浓烈，但没什么风，所以气味还是没有散去。恶臭牢牢地黏在这些女孩的皮肤上，让她们觉得接下去一辈子都摆脱不了这种味道，要是有奇迹，能活着出去的话。

饥渴也变得更加折磨人。劳作时间也更长，因为白天更长了,而且纳粹可不会让囚犯歇着:只要天有点亮光,他们就得干活——早上六点天刚亮就得起床出工,晚上八点收工回牢房,十点睡觉。

有一天,女囚监玛丽亚·曼德尔脸上挂着一丝微笑,走进管弦乐队牢房,叫住乐团所有人。曼德尔是个高大强壮的女人,眼神犀利,代表的是纳粹希望推崇的、那种理想的"雅利安人"。跟这个人员混杂的乐团相比,跟这群来自欧洲各地、穿着条纹囚犯服的女孩相比,这个身穿党卫军制服的女人显得与众不同。

曼德尔负责管弦乐团各种杂务,另外还有伊尔玛·格蕾泽,那是对女子管弦乐团最感兴趣的人。格蕾泽热爱音乐,阿尔玛演奏时,她似乎深深陶醉其中。不过她离开管弦乐团牢房后,又会投身到对囚犯的屠杀当中去,这种行为,乐团中没有哪个人能够理解。

那她对这些演奏者、这些二手艺术家的关注代表着什么?是对我们所创造的东西表现出来的一种宽容和仁慈吗?毕竟,是她和霍斯勒组建了这个乐团,所以从某种角度上来说,乐团是他们的成果,还是主人对宠物那种有距离感的善意呢?谁知道呢?

伊薇特拉手风琴时,格蕾泽总是站在她面前,带着一丝有点人情味的微笑,身边是常伴她左右的那两只狼狗。金发碧眼的格蕾泽似乎想与伊薇特建立某种形式的私人关系，但这种私人感情的流露并不妨碍她有一次情绪激动时，让她的狼狗扑向一位女囚，对方被撕成碎片之后才把狗叫回来。

曼德尔有时候会突发善心，带一些东西来乐团，发给那些没有亲朋好友从外面送东西进来的女孩，还有那些没有本事"弄到"其他食品或肥皂、牙膏等小物品的女孩，这些物品在集中营黑市非常抢手。有一次，曼德尔甚至亲自收集物资，把东西发给那些惊得目瞪口呆的女孩。

这一回曼德尔带来的是另一个惊喜，而且是一个大大的惊喜。"你们有些人已经在这里待了一年多了，但从来没有机会离开营地。我让你们出去走走。"

起初，乐团成员大吃一惊，但很快就被痛苦所笼罩，就像每次日常生活被扰乱时那样痛苦：现在阿尔玛已经不在，没人保护她们了，是不是上面下令对她们进行清洗？是不是上面找到了比毒气室更高级的办法来杀死她们？不过她们发现几个波兰女孩也一起去，所以不可能是去参加毒气室或者其他刑场的"筛选"。

* * *

乐团成员默默地聚在一起，按惯例排成五人一列。大门前，两名党卫军正在等待她们。大门打开后，她们还是有点迟疑，然后在两个纳粹的看管下走了出来。外面没有卡车或机关枪，她们向右转，走向附近的树林，那片白桦林是营地名字的由来。起初，她们被这一不可思议的时刻震住了，但很快她们的胆子就大了起来，不再保持原来的队形。接着她们放声大笑，在看守不解的目光下，三三两两沿着路慢慢走去，这一刻，看守好像也不似平时那样野蛮。她们在路上遇到了出工和收工的劳工队，对方惊讶地看着她们——"又是管弦乐团那些跳梁小丑！"

她们继续往前走，走到营地后面的森林。那里有一方池塘，好像在等着她们下水游泳，甚至就像是专门为她们而建造的似的。她们最后一丝恐惧也消散了，在年纪最小的乐团成员的鼓动下，她们脱掉衣服，跳入水中。她们涉水而行，互相泼水，开怀大笑着，因为还活着真好。她们此刻惊讶地意识到，也许未来的希望比平时要多那么一点，不管这次放风意味着什么，但这里没有纳粹，没有铁丝网，也没有死亡。有几个女孩甚至认为，自己暂时摆脱了始终跟她们如影随形的恶臭和苦难。

水边的党卫军看到这些穿着内衣内裤的女孩略感尴尬，所以没有靠得太近。他们见了多少次囚犯脱光衣服，特别是新囚犯被押进集中营的时候，这时感到尴尬真是奇怪。有一名看守甚至还脸红了。

喝足水，洗干净身体之后，这些女孩在草地上擦干身子，然后突然看到一幅毫无违和感的景象：一座瞭望塔，上面有两名看守像鹰一样盯着，挥手让她们也到瞭望塔上去。两个乌克兰女孩——布罗尼亚和舒拉，爬上了梯子，既不害怕也不担心的样子，其他女孩则继续聊天，在草地上嬉戏。那些她们本来以为已经遗忘的感觉，又重新扑面而来：湿润泥土的气息，草叶落在脖子上的瘙痒，小虫子带来的刺痛感，那可不是虱子，而是一只瓢虫，或许，还有鸟叫声。

她们讨论起曼德尔突如其来的关心。莫非她感觉到了事态的变化？也许这意味着集中营制度的改变、大屠杀的结束？集中营里头的谣言从来没有停止过，每个星期都有这样那样的谣言在囚犯之间流传，有些是纳粹传开的，有些不知道从哪里来的，说俄国人就在100公里之外，希特勒被推翻了……希望的幻影就靠这些谣言撑着，否则就只能让自己冲向带电的铁丝网，永远结束这场噩梦，一了百了。

接着，看守示意她们回集中营，回到那个囚禁她们的牢笼。布罗尼亚和舒拉从瞭望塔上下来，大声唱着歌，脚步有点踉跄。她们俩似乎喝醉了，瞭望塔上的看守可能给她们来了一点伏特加。天气炎热，加上之前没吃东西，又喝了酒，她俩醉得几乎站都站不起来。

其他女孩先是生气，接着慌了神。都怪这两个不能喝酒的白痴喝了酒，她们怎样才能躲过惩罚呢？她们顾不上动作轻柔，架住两人的胳膊，就这样半走半拖，保持紧凑队形把两人拖回了营地牢房，以免党卫军发现有人喝了酒。不知道是不是看守睁一只眼闭一只眼，还是因为漠不关心或者根本不在意，她们通过了A营和B营大门，没有看守拦住她们问话。不久之后，曼德尔又安排了一次外出散步，但后来那次没有出现任何插曲。

巴黎，1996年冬

我与维奥莉特谈了将近15个小时，她直言不讳，挑明我这项工作的动机：除了搜集令人信服的事实，充实女子管弦乐团的那段历史之外，我实际上是为了寻找您，寻找有关您的点点滴滴。不过，我不希望您的光环和影子一开始就浮现出来，我担心这样会掩盖故事里的其他人，就像一叶障目，看不清全局一样。

维奥莉特并不傻。她觉得我是在通过特殊的方式利用她和她的朋友，还有那些我认识和不认识的乐团女孩，并不是每个人都能愉快地接受这种方式，但从她们每个人身上，我都能看到您存在的一丝痕迹。维奥莉特的精力让我吃惊，特别是想到她熬过的这一切，更是让我诧异。我在她身上发现了活着的乐趣，而在您的生命中，我却感受不到这种乐趣。我不得不承认，自己很钦佩她，而这种钦佩似乎对她很重要。她经常告诉我，我戴在她头上的光环让她感到头痛，我想我能理解她的想法。可维奥莉特经常觉得我不理解，她活下来是因为运气和造化（我怎么能理解呢？）。换句话说，她活着这件事，谈不上任何美妙。

为了让我更好地理解，她讲了一个故事。

早在战争之前，维奥莉特的父母就已经决定让女儿学会一门乐器。正如她的母亲常说的那样，会一门乐器始终都能派上用场。维奥莉特口中的母亲不是一般的犹太母亲，当然犹太母亲一般都很有远见、很博学，但维奥莉特的母亲更是有着经历过重大危机的那种老练。20世纪30年代初，欧洲陷入经济萧条，她母亲盘算着，会一门乐器总能够在咖啡馆或者夜总会找个活路，等于做两手准备。

维奥莉特告诉我，选择学小提琴也是命运的造化："要是我选的是钢琴，那我就不能活到今天，因为我加入乐团那会儿，牢房里唯一一架钢琴已经被搬走，可能搬去了党卫军军官的食堂。"不得不说，这就是命运。

同样，维奥莉特谈到被阿尔玛·罗斯完全同化时，也提到运气这个词。当时她在隔离区牢房，鞋子被人偷了——这件事本来会要了她的命，最后却救了她的命。

比克瑙，1944 年春/夏

自从1944年5月押送匈牙利囚犯的车队抵达后，集中营的节奏就发生了变化，甚至变得更快。每天都有一两列，甚至有时有三列火车抵达，将人类的苦难卸到坡道上。纳粹已经不堪重负，但他们不得不继续屠杀下去：毕竟，他们的领导人已经发过话，帝国的未来受到了威胁。

于是每天都有几千人被杀害，接着是每天几万人被杀害。集中营新建了好几处火葬场，可还是不够，还是容不下毒气室冒出来的成千上万的尸体。经过一年半的工业化屠杀，集中营积累了相当的经验和技术，纳粹也计算出了准确的规格，托普夫父子公司（Topf und Söhne）⑨工程师的技术也很高超，可这些根本不够。受火葬场散发的热量影响，烟囱的耐火砖出现了裂缝，支撑烟囱的废金属扭曲变形，这意

---

⑨ 1878 年成立的一家德国工程公司，第二次世界大战期间，除了制造武器、炮弹和军用车辆外，也是为集中营大屠杀设计和建造火葬场的 12 家公司之一，其中包括比克瑙毒气室的通风系统。

味着焚尸炉没法再火力全开。结果,火葬场容不下的尸体只好让囚犯来处理:犹太勤杂队把火葬场容纳不下的尸体运到空旷的地方烧了,把灰烬撒到专门挖的池塘里。

纳粹为毒气室安排的所有"配套队伍",特别是营地仓库,全都因超负荷运转而崩溃。囚监人数也不够,拦不住集中营各种物品在男囚和女囚之间流通,比如钻石、黄金、美元、瑞士法郎等。这些小财宝都是那些已经死去的人生前藏起来的,当时他们还以为自己要去"其他地方"劳动,所以就把财物藏到行李、衣服内衬或者那些遭受酷刑的人身体里头。

有一段时间,集中营的地下经济被粉碎,但拦得了一时,拦不了一世。集中营的"货币"依然没变:面包从头到尾都是最基本的硬通货。牢房里头的物物交换令人震惊:有一位吃不饱的囚犯,现实生活中是银行家,"发现"了一个装着钻石的小袋子,这个小袋子竟奇迹般地逃过纳粹对男囚女囚的多次搜身和检查,得以保留下来。他用这袋钻石跟厨房工人换了一个生土豆,稍微拍了拍皮上粘的土,就狼吞虎咽起来。两人似乎都对这桩交易非常满意:世界真是乱了套。

匈牙利囚犯的衣服和毛皮大衣也像其他东西一样分类整理好,要是党卫军没有扣下来自己用,就把品相最好和最漂亮的都送到德国。

对乐团女孩来说，纳粹攫取的物品大量涌入，产生了意想不到的效果，她们通过在营地仓库干活的狱友获得各种小物品，比如袖珍镜子、梳子和发刷。维奥莉特得到一小瓶薰衣草香水，小心翼翼地放在琴盒里，但后来很快就不翼而飞。

曼德尔的疯狂总是难以预测，她给乐团成员带来睡衣、丝绸、缎子、蕾丝；还有奢华到令人难以置信的内衣，她们穿在身上，开心得不得了，因为哪怕她们没有被关进集中营的时候，也没穿过这样奢华的衣服。女孩们比较每一样物品，互相给对方看这件刺绣和这几样扣件，看那条缎子的纹理，还有这块丝绸的轻盈。

这种怪异的场景让她们傻笑起来。她们想象着，要是一名伞兵飘过集中营的屋顶——最好是美国伞兵——看到这群不可思议的女孩子，他会是什么反应？最有可能说出什么样的话来？想到这里，她们笑得更厉害了。双层床？丝绸睡衣？这怎么可能是灭绝营，肯定是年轻女孩上的寄宿学校。而且，从亚麻布料的华美程度来看，应该是瑞士的一所年轻女孩寄宿学校。她们的日常生活就像这样，是一杯混杂着恐怖和欢笑的鸡尾酒。

维奥莉特仍然记得她编的一个笑话。一天早上，她去见朋友，冷冷地问她们："你们知道两个党卫军警卫早晨醒来后会对彼此说什么吗？"大多数朋友都睁大了眼睛，只有一两人猜到了答案，疯狂地笑起来。

"我猜……是'纱布'（gauze）/'毒气'（gas）？"[10]

我在维奥莉特没说出笑点之前就猜到了答案，所以没有笑得很厉害。不过维奥莉特看上去很满足——即使在比克瑙这样的地方，也可以在死亡和纳粹面前高昂着头颅。维奥莉特说这是她当场编造的笑话，还模仿了当时一些人被笑话冒犯到的表情，她这种自豪当然值得颁发一枚奖章。

* * *

她们取笑自己，也取笑折磨她们的人。"我们肯定能享受特殊待遇，他们每次投放毒气都会用双倍剂量，这样我们死得更快！"一个囚犯说。洛特（Lotte）用嘲讽的口吻把自己尸体在火葬场烧出来的火焰颜色跟睡在她上铺的西尔维亚做了个比较。"我又高又胖，所以我尸体烧出来的火焰会是油腻的黄色。你这么瘦弱，只会产生蓝色的气体火焰！"

她们深陷集中营的泥潭，厚着脸皮用嘲笑和荒诞来对抗

---

[10] 英文版译者注：法语中的 gas（gaz）和 gause（gaze）发音很像。

绝望和沮丧，当然也通过音乐来对抗。几个法国女孩喜欢即兴表演查尔斯·德内（Charles Trenet）和让·萨布隆（Jean Sablon）的几首歌曲，其中包括《我将等待》，这首歌在1940—1941年大受欢迎，那是人们为了没有从战俘营活着回来的战俘而憔悴的年代。

小伊莲娜是个手工天才，她弄到一大堆橙色纸巾，当然，其中一部分是用来做卫生纸的，不过她把剩下的纸染成蓝色，制作出跟纳粹德国海军水手的贝雷帽差不多的帽子。姑娘们唱起一首内容稍显轻佻的歌曲——《在圣保利的红灯笼下》（*Unter die rote Laterne von Sankt Pauli*）。纳粹海军在全球范围内被盟军击溃，那么为何不能在比克瑙象征性地表演一下呢？

一天晚上，有人（是维奥莉特、小伊莲娜还是其他人？是谁并不重要）提议："我们组织一次选美比赛怎么样？"兴奋之余，说法语的那几个姑娘开始忙活起来。比赛项目将包括谁的双唇最丰盈、谁的眼睛最漂亮、谁的双腿最修长、谁的胸部最挺拔、谁的脸蛋最美丽，投票按照掌声的热烈程度决定。德国姑娘和波兰姑娘，说不清是矜持还是震惊，没有参加选美。乌克兰姑娘像往常一样，微笑着，不明白发生了什么事情。等选出评委，一整个晚上就这样过去了——又是一个纳粹无法夺走的晚上。

50年后，没人记得谁赢了选美比赛。在我再三追问下，伊薇特略微有些不好意思，微笑着承认说自己赢得了其中一个奖项："只是她们对我都太好了！她们想办法不让我的头发被剃得太短……"

巴黎，1996 年秋

除了之前讲述的那些事情，维奥莉特又告诉我一些集中营生活中的怪事，其中既有对无法理解的事情感到困惑的时刻，也有好笑和勇敢果断的时刻。她们没有武装抵抗或自我牺牲，但上帝明白，在军工厂干活的妇女需要多大的勇气才能把炸药缝进衣服下摆，偷偷运进集中营。其中四名妇女因此在整个集中营的囚犯面前被绞死。还有，三号犹太勤杂队的一些囚犯炸毁了他们干活的火葬场和毒气室。

维奥莉特给我讲了很多这种零星的英雄主义事迹，当时集中营每天都有这样的事情发生，虽然只有一瞬间，可那些不被当人看、等着被屠宰的男囚和女囚，嘲笑着折磨他们的人，让自己又一次活成了真正的人。维奥莉特讲述的这些故事让我看到一条条鲜活的生命，而不仅仅是幸存者在生理意义上的存活……

比克瑙，1944 年 10 月 30 日

　　囚犯聚在牢房里：犹太人站右边，非犹太人站左边，这架势看上去很像斜坡上的筛选。对安妮塔来说，这种站队只意味着一件事：她们马上要被毒死了。可事情来得这么直接，这么突然，太让人震惊。安妮塔当时脑海里只想着一件事：自己没法给姐姐雷娜特（Renate）报信了。

　　阿尔玛在4月去世后，乐团成员或多或少知道，有些事情已经不似从前。管弦乐团继续在集中营大门口演奏，"桑拿"演奏仍然保留，但次数越来越少。音乐还是以前的音乐，她们也依旧对自己在乐团内外的身份心知肚明——阿尔玛为了乐团已经尽心尽力——现在小提琴独奏由技艺高超的伊莲娜担任。可是，乐团不再追求完美，那是阿尔玛心心念念追求的事情，也给乐团赋予了灵魂。现在阿尔玛走了，乐团成员的演奏变得十分机械呆板。

　　最重要的是，克雷默已经任命索尼娅·维诺格拉多娃（Sonia Vinogradova）取代阿尔玛担任指挥，这是个错误的决定。无论索尼娅是位多么优秀的钢琴家，她都缺乏阿尔玛的天赋和魅力，而且在指挥台上飘飘然，而不是专注于指挥工作本身。实际上，法尼亚本应该坐上这个位置，因为她有本事能继续与乐团合作，创作出新作品，让曲目更加丰富，可担任指挥的仍然是索尼娅。毫无疑问，纳粹已经决定，从现在开始乐团应该由非犹太人来领导，于是乐团的演奏水平一直在走下坡路。

几周前克雷默下令，排练只在上午进行，下午乐团成员需要做一些"生产性"工作，包括在牢房里编织和缝制布料，不知道是拿来做什么的。这个活儿仍然能让乐团成员躲过集中营的劳动，但也标志着乐团的生活发生了转折，不再跟其他劳工队截然不同。事实上，纳粹可能刚刚从实用和行政角度评估了现状：毕竟，要清点女囚的人头，让她们齐步走，要不了几件乐器，一个低音鼓、一个铙钹和几支横笛基本上就能做到，没有必要让45名女囚都过得这样舒舒服服。至于党卫军军官要是哪个下午想一饱耳福，只用找来几部留声机就能解决问题。

* * *

接着，一则在集中营流传了好几个星期的谣言成了真，乐团成员得知自己将被转移到"其他地方"，为此痛苦万分。她们现在必须归还自己进入乐团之后攒下的所有"宝物",包括舒适的衣服和鞋子。此外,毯子和床单也必须留在牢房床上,不能带走。她们用来单独放置餐具的盒子和一点小首饰必须留下,这些东西代表着她们的特殊地位,将她们与普通囚犯区分开来。她们的梳子、牙刷和香皂都必须全部留在原处,不准带走。

希尔德奇迹般地保留了一些物品,包括一本1939年的法国日记本,封面是黑色天鹅绒,还有一支金色小钢笔。这本日记是阿尔玛的,里面有一些手写的笔记,还记有一个地址。日记的笔记页上,希尔德写下了莱纳·玛丽亚·里尔克的一首诗——《骑士》(*Der Ritter*)。

安妮塔,不知道该说是务实还是幸运,留住了一件红色的安哥拉羊毛衫,这是她用面包从营地仓库那里"买"来的。她们在换上仓库里头那些衣服的时候,领到的是以前囚犯穿过之后又回收的衣服,那些囚犯早已死去,被人遗忘。她们摸着这些消过毒的粗布衣衫,情绪稳了稳,不过一颗心还是悬着。

换好衣服后,看守带着这帮女孩走向大门,穿过左边的哨岗,再向左走,走向坡道和毒气室。不过,党卫军命令她们在坡道上停下步子,她们这才松了一口气。雷娜特看到她妹妹,奋不顾身地加入了这支队伍。很快,长长的一队囚犯也来到坡道,跟她们汇合,还有一辆火车在等着,她们肯定是要被转移到另一个集中营。

她们站队的地方离其他囚犯有些远,接着爬上车队末尾一辆运牲口的火车。克雷默已经给她们安排了一辆特殊火车,即使被转移,她们也还是能享受特权,不用像其他囚犯那样挤成一堆,挤到喘不上气。上车之后,她们才意识到这是要离开比克瑙,但并不是像谣言说的那样,被丢进焚尸炉,变成一缕烟尘从烟囱消失,她们之前很多狱友,都是这样的下场。事态严重,乐团成员在车上都沉默不语,沉思了一段时间。

这辆运牲口的火车一路上走了几天,她们在车上睡觉、争吵和聊天,就像女学生外出度假一样。当时天已经很冷,她们把嘴里的热气哈到对方背上,想尽办法让身子暖和。她们想知道,自己会被送去哪里,等待自己的会是什么样的命运。奥斯维辛集中营一直流传着这样一个谣言,有人说在一个叫贝尔根-贝尔森的地方,有一座废弃军营……

乐团成员知道俄国人正在从东边靠近,而英美军人自6月以来一直在欧洲跟纳粹交火,所以她们估计:"战争最多打到1945年初就会结束,可是党卫军现在不杀我们,是想把我们怎么样呢?"

之前一段时间,囚犯运输队讲述的种种可怕事迹让她们心惊胆战。从捷克斯洛伐克特雷辛(Theresienstadt)抵达比克瑙的车队当中,有些是举家押送来的,有的还是音乐家。大多数人一到坡道就很快被送进了毒气室。其他囚犯还在陆陆续续从欧洲各个地方送来,另外,还有一些囚犯被送往西部。种种迹象都表明纳粹处于崩溃边缘,各种安排看上去都是临时起意,毫无章法:纳粹显然不擅长临场发挥。就像当时所有被驱逐出境的囚犯一样,乐团成员也意识到,自己不过是多苟活一阵子罢了,逃出生天的概率几乎为零。但不久之后,她们又有了一线希望:"不过,要是……"

乐团的女孩子经常在车上唱歌,一唱就是好几个小时,这样能提振士气。她们手里没了乐器,所以就"唱"自己平时演奏的乐器。伊薇特的声音清脆,模仿的是低音提琴,维奥莉特的声音更轻柔一些,适合小提琴拨奏,她想模仿扎拉·兰德尔,而莉莉模仿的是手风琴尖锐的声音,样子好笑极了。

看守她们的人不是党卫军或宪兵(feldgendarmerie),而是"普通"士兵,主要是来自国民突击队的老人。德国已经山穷水尽,不得不召回预备役军人或退伍军人,甚至还动员了希特勒青年团的青少年。看守没有对她们大吼大叫,只是和她们聊天,就像跟正常人聊天那样,而且肯定也被这群女孩的年轻和勇敢所打动。实际上,她们引吭高歌不过是为了迎接那躲不了的死亡,但那些看守,那些"现实世界的人",并不知道这一点。而且极具讽刺意味的是,看守一路上还帮她们倒了车上的便盆。于是,至少在这短短几天内,这个世界——纳粹的世界颠倒了。

最后,旅途结束,车子开到森林腹地停了下来。她们五人一队,穿过树林向未知目的地前进。安妮塔和大伊莲娜走在队伍前面,一行人最终来到一片空地上,远处枪声不绝于耳。安妮塔注意到一个箭头形路标,上面是哥特式字母。一滴眼泪顺着她的脸颊流下来,从未见过安妮塔哭泣的伊莲娜惊呆了,满脸不解地看着她。安妮塔指着路牌,上面写着"犹太人刑场"(Juden Schiesstand)。一行人筋疲力尽,心头涌上不祥的预感,但没停下步子。这帮女孩可没打算就这样屈服,她们预料接下来会走到乱葬岗,然后死在那里,于是继续往前走,最后来到一块巨大的空地上,周围是看不到尽头的铁丝网,还有一座座瞭望塔。

牌子上写的不是"犹太人刑场",而是"通往刑场"(Zu dem Schiesstand),维奥莉特本来也像其他女孩一样困惑,现在大家都松了一口气。她们这是被纳粹的杀人制度玩弄了,直到后来她们才意识到,这种玩弄是多么荒谬,即使对纳粹来说,这种玩弄也很荒谬。何苦大费周章,让她们坐几天的车,再枪杀她们呢?比克瑙集中营的毒气室离她们的牢房不就只有百来米远吗?

她们在一处军事训练场上停下来，然后分成几组；一行人都很高兴，没有被送上刑场。但绝望的是，同样的噩梦正在重演。这场梦是否永远不会结束？安妮塔看看周围，看到周围同伴都没有死，焦急地说："我不希望自己最后一个死……"

离开比克瑙那疯狂但井然有序的屠杀地狱之后，她们来到了贝尔森混乱而毫无章法的地狱。

贝尔根-贝尔森，1944年11月4日

维奥莉特咬紧牙关。她刚刚想起来，今天是她父母的结婚纪念日，而就在一年前，她在染上斑疹伤寒后从营区病房出院。过去将近一年半，她就像把子下的垃圾一样被推来推去，是生是死，全由刽子手决定。现在每个人都很清楚，德国会输掉这场战争，纳粹分子会被送上断头台；他们自己还有那肮脏的第三帝国都会灭亡。在从比克瑙出发的车子上，她们能够透过车厢的板条看到被轰炸和浓烟滚滚的德国城市。"现在轮到他们了！"尽管现在自身难保，她们还是看到了车厢外"真正的人"，而不是穿着条纹囚服（Pasiak）的行尸走肉。在痛苦之余，她们憧憬着一个没有党卫军和警犬的世界，羡慕和思乡之情涌上心头。

维奥莉特经常与伊莲娜讨论，"自由"意味着什么。她的自由就是一个鲜美多汁又有点酸的青苹果，而伊莲娜的自由则是炒鸡蛋和刚刚出炉的皮斯托莱（Pistolet），她已经很久没有见过这种比利时小面包，更别说有多久没品尝过了。在不知道哪个车站的站台上，也许是在卡托维兹，维奥莉特看到有人拎着一个购物袋，袋子里装着苹果！

维奥莉特好像在比克瑙染上了所有可能的疾病：疖病、斑疹伤寒、疥癣、痢疾……但她命硬，运气也好。而且她不仅运气好，精力也好。看到德国战败，她甚至心生欢喜。"这是最后关头了，那帮混蛋不会有好下场！"——要不是对眼前的命运没有把握，维奥莉特肯定会把这话说出口。

* * *

一行人到达贝尔森时，看出了跟比克瑙不同的地方。分给她们住的那地方几乎什么也没有，只有几根水管。这里甚至没有建牢房，只有衣衫破烂的苏联囚犯建的几间茅屋。她们发现身边的景色更熟悉、更宜人。周围都是树，脚下也不再是比克瑙集中营那种黄泥巴，而是肥沃的黑土地，地上有草和昆虫。还有，她们听到的是鸟鸣吗？不过最重要的是，这里没有冒烟的烟囱，人人都知道那些混凝土做成的玩意儿是用来做什么的。这里也没有毒气室！黑暗中可能有了一线希望。

她们穿过集中营大门时，希望马上幻灭。安妮塔的姐姐雷娜特注意到一个戴着囚监臂章的人，正在一个盒子底部挠刮，想刮一点东西来吃。"如果囚监都吃不饱，那我们每天就更没东西吃了。"雷娜特嘟囔着。

最初几个晚上，她们睡在军用帐篷里，更准确地说，是睡在一片防水布下面，潮湿的地面上有几百个人挤在一起。纳粹分子，这些所谓的筹备大师，从来没有打算给比克瑙来的大批囚犯提供牢房。希尔德和安妮塔想尽量不让别人踩到，可防不胜防。

后来，来了一场狂风暴雨。一天晚上，风把防水布吹散，她们就在冰冷刺骨的雨中度过了一晚，像暴风雨中的羊群一样蜷缩在一起。对安妮塔来说，能在那一晚活下来，不染上感冒就是奇迹，因为正常人都会被冻出肺炎和其他毛病。这里可能不像比克瑙，但仍然有党卫军。就算这里不是地狱，至少也是炼狱。

暴风雨过后的第二天，囚犯在一片泥泞的海洋中跋涉。她们离开比克瑙时分到的薄薄军用毯子根本不够保暖，那当成咖啡分给她们的清汤寡水（实际上跟热水没有区别）也根本没有营养。

之前那几个月，她们作为乐团成员而受到保护，现在突然跌入其他囚犯的行列，她们现在不过是被驱逐出境的人，跟其他囚犯没什么区别。几天后，她们被带到鞋库的安全地带，最后住进之前苏联囚犯住的茅屋。安妮塔在想，纳粹会不会为了给其他女囚腾空间而把她们给杀了？

贝尔根-贝尔森，1944—1945 年冬春之交

她们想尽办法待在一起，至少在牢房里待在一起，因为到哪个劳工队干活都是随机安排的，乐团成员会分散到集中营的各个地方。她们领到一项奇怪的任务——把绿色的玻璃纸条编织在一起，不过没人知道这些纸条的用途。编到最后发现，这些绿色玻璃纸是纳粹德国国防军用来当伪装网的。

维奥莉特会说法语、德语和匈牙利语，很快就会被委以重任，负责管理200名女囚，其中大部分是匈牙利人。现在，她当上了囚监，于是安排法尼亚当她"助手"，好保护对方，两人互相支持。

为了打发时间，法尼亚不知怎么搞到一副袖珍牌。一天，一名女警卫看到法尼亚走过来，用往常方式问候法尼亚——一巴掌扇在法尼亚脸上，问她在干什么。

"我在算命。"

"你会算命？给我算算！"这女纳粹命令道。

法尼亚摆出算命人那种装腔作势的架势和庄重的表情。她摊开牌，摸出一张，端详许久，接着露出厌烦的表情："你家人在别的地方，是吗？"

那女警卫点点头，很紧张。法尼亚又犹豫了一下才开口，对方更紧张了。"这些卡片，我不敢确定，我可能弄错了，因为你可能不太相信这些卡片……"那个女警卫越来越担心，催法尼亚把她的未来说给她听，于是法尼亚开始预言党卫军的末日即将来临，而女警卫的丈夫肯定会战死在东线，她的家会被炸弹夷为平地，她的家人会死得很惨，她的狗会染上瘟疫，她自己会被枪杀，等等。

维奥莉特看着这一幕，很担心。这名纳粹女警卫不会蠢到相信法尼亚预言的一切。她肯定会动手，打法尼亚一顿，甚至开枪打死法尼亚。维奥莉特担心自己的朋友，同时又很难不露声色。她必须忍着，等那名沮丧的女警卫离开牢房之后，才和法尼亚一起笑出声来。法尼亚自然为自己的所作所为感到自豪，因为集中营里又上演了一次小小的英勇事迹。

* * *

生活，或者说集中营里的一天又一天，按部就班地过着。12月底，克雷默接任贝尔森主任一职，算是升了职，因为他之前在比克瑙需要向奥斯维辛一号营的指挥官报告。

1944年底前的一天，没有人记得确切日期，当天点名的过程中发生了一件让乐团成员大吃一惊的事情：克雷默认出了她们。这帮女孩子到贝尔森之后也非常团结，努力维护她们所组建的团体——Die Kapelle管弦乐团，不至于淹没在一大批囚犯中。如今，党卫军的一名高级军官在这群身上只有数字编号、没有名字或面孔的犹太人中认出了一小撮犹太人。

克雷默走到她们面前，接着问她们是否能够在没有乐谱或指挥的情况下，演奏一些她们曾经跟比克瑙管弦乐团一起演奏过的乐曲，几人毫不犹豫地点了点头。阿尔玛之前已经给她们做过足够的训练，让她们保证在任何天气和任何条件下都能演奏，哪怕她们心不在焉，一心想着吃的、想着怎么"弄到"额外的汤水，都能演奏好……答应这件事也没什么危险：她们能得到一些小小的物质奖励，更重要的是，上午可以沉浸在音乐中。即使这样做意味着与党卫军待在一起，但仍然不失为一个良机，让她们可以逃离集中营那压抑的氛围，逃离那累死累活的劳动，哪怕几个小时也好。几个月来，甚至这两年来，她们已经学会了活一天是一天的艺术，学会了随机应变。

克雷默是位热心的军官，觉察到了乐团成员的心思，然后走开了。下一个星期天，她们接到集合的命令。其中有几位小提琴手、几位歌手、大提琴手安妮塔，还有莉莉，回忆可能有出入。长笛手是否在场？记不清了。她们被带到营地外的军官食堂，各式各样的乐器正在等着她们。她们必须按照阿尔玛教的方法准备，然后把党卫军吩咐的事情做好。就这样，死亡集中营中有关乐团的流言蜚语又开始了，但她们没有别的选择。

音乐会结束后，克雷默在演奏者中征集志愿者，将乐器运回他家。维奥莉特、安妮塔、大伊莲娜和埃尔莎等几人站了出来，在党卫军警犬的看管下，几人走向克雷默的房子。她们可能有点好奇，想看看纳粹的房子里头长什么样。弗洛拉·施里弗斯（Flora Schrijvers）曾担任克雷默两个孩子的家庭教师，跟她们说起过一些细节。这一次，她们进了他家，亲眼看到那就是一间普普通通、小资产阶级、人畜无害的房子。不过那里有一个惊喜在等着她们——克雷默家的饭厅里有一大碗大米布丁，里面还插着几把勺子。克雷默邀请她们坐下，几个女孩默默吃着布丁，克雷姆做了一件疯狂的事情：他打开留声机，放上一张巴赫的唱片，悄悄走出了房间。她们回到牢房，讲起刚刚发生的事情，没有一个人相信。巴赫？大米布丁？纳粹给你们的？快逃吧！

正如安妮塔后来在一部专门为她拍摄的英文电影中所说的那样："谁能懂这些人呢？"

5

管弦乐团

布鲁塞尔，1996 年冬

　　我非常害怕伤害伊莲娜。她已经明确告诉我，在我面前讲述那段往事对她会造成什么样的影响。她还告诉我，会把我当成最后一位倾诉对象，但她会克服困难，因为我是埃尔莎的儿子。她看出来了，我需要了解那些被隐藏了太久的回忆。我永远不会忘记她给我的这份特殊待遇，不会忘记她认同我了解过往的权利。伊莲娜答应和我聊聊过去，但她很脆弱，所以我要采取最好的预防措施来保护她。

　　正如她在自己的文章中写道，她担心自己也得了某种癌症。她说，现在"轮到她自己了"，因为在那些被驱逐出境的幸存者中，癌症发病率高得离谱：您、芬妮、小伊莲娜、大朱莉，还有很多人，都得了癌症。有时候，这种诅咒甚至还会跨代遗传。芬妮的一个女儿在芬妮死后几个月就因癌症去世，另一个女儿现在也不得不跟癌症做斗争。这个诅咒就没完没了吗？

世界何其小！

伊莲娜和她丈夫去迈阿密度了几天假，在一栋"豪华"住宅里租了一套公寓，楼里安装了各种先进装备和现代化设施，一楼还有游泳池。当时天气不错，但要在佛罗里达州的阳光下来一场日光浴，还不够暖和。

所以，两人选择下午出去买东西和打桥牌（保罗的桥牌打得很好）。伊莲娜则刚刚开始学习"斯苔曼约定叫"规则。两人也会出去玩：伊莲娜和丈夫都喜欢跳舞，而迈阿密再适合跳舞不过。两个星期后，他们回到比利时，把公寓留给保罗的妹妹住。天气很好，除了安排点其他活动，下水游泳也不成问题。

一个身材高大、长相艳丽、皮肤黝黑的女人坐在水边的躺椅上，正在看书。保罗的妹妹走近她，看到那女人的左臂上有一串数字刺青。她注意到这串数字和她自己的那串数字非常接近，所以鼓起勇气跟对方搭话：她们都是比克瑙的幸存者，还发现可以通过共同语言（法语）来交流共同经历。虽然那女人是希腊人，但法语讲得很好，"R"（小舌颤音）的发音听起来让人很舒服。过了一会儿，保罗的妹妹谈起了嫂子伊莲娜。那个女人立刻来了精神，话多起来。那个女人很了解伊莲娜，因为两人都在管弦乐团待过，她让保罗的妹妹转告伊莲娜，大朱莉向她问好，并且会尽快联系她！

可惜的是，伊莲娜还需要一段时间才能康复，后来大朱莉也死于癌症。

* * *

跟维奥莉特和伊莲娜谈话的时候，聊来聊去都是同样的事情。从许多方面来说，尽管第三帝国及盟国倒台，贝当派、雷克斯派和各路法西斯分子被打败，尽管那些得心应手地折磨她们、把她们交易来交易去的刽子手已经分散到四面八方，但她们仍然像那些等待处决的囚犯一样，在借来的时间里活着。说来也矛盾，正是这种身份让她们把平常日子里各种大大小小的不幸利用起来，活出最大的乐趣，而生命也毫不吝啬，把各种不幸抛给她们，这是某种宿命。正如维奥莉特经常说的，"世事难料"……每个人都必须按照自己的方式来处理这种负担。维奥莉特给我的印象是，她通过疏远和幽默来处理，而且往往是黑色幽默。伊莲娜似乎夜里仍然睡不着，备受折磨。她告诉我，自己没有一天不在想**那些事情**。我感到她的脆弱，我想保护她，不受那些记忆侵扰。

伊莲娜让我印象最深刻的是她的声音和眼睛。那双蓝色眼睛，清澈明亮，永远充满惊讶：这是十几岁女孩的眼睛，在经历集中营的种种苦难之后，依然保持期望的眼睛。那个16岁女孩，"像个傻瓜"，在牢房里只想着一件事，只想着她的小提琴，现在这个女孩还站在我面前。伊莲娜的声音也相当特别。我采访她时，听了整整一个下午，一直在想，我以前在哪里听过这样的声音，如此温暖，如此清澈。晚上，我听录音带的时候，这个声音又出现在我脑海里：古大提琴，除了吉他，对我影响最大的就是这种乐器。它不像小提琴那样精准，它的音符深沉、持久而肯定，它的声音永远令我动容。

伊莲娜的客厅里有一件东西让我很好奇，不过我从来不敢问它的来历。那是一把小提琴的琴背，琴背上有孔，还有点烧焦的痕迹，装在透明树脂盒中。我把它看作象征，提醒我那是因灾难而破碎的激情，是因灾难戛然而止的对音乐的奉献。谈到您的时候，伊莲娜笑了，笑中带着一丝怀念、一丝哀伤、一丝呜咽，声音也变得更加温柔。对我来说，伊莲娜的声音真的像音乐一样。她肯定在想念您，也会继续想着您,直到她在这人世间的最后一天。

她谈到自己的事业和生活,她与您和芬妮的第一次见面,还有与阿尔玛的第一次见面。她的记忆并不像维奥莉特那样有条有理,那样详细,但是一样令人回味无穷。在她脑海中,自己还是年轻女孩时的种种感受,对目睹的大屠杀的不理解,与自己作为乐团成员的那种荒谬交织在一起。她一开始是身上刺有数字的木偶,注定要被送进屠宰场和焚尸炉,后来却一跃成为比克瑙集中营拥有特权的"贵族"。我很想知道,在集中营的这般疯狂之中,当然您也曾陷入这样的疯狂,伊莲娜是心怀怎样的信念,才没有彻底放弃。

比克瑙,1944 年春/夏

这个管弦乐团真是七零八碎。其中最有经验的——也是年纪最大的——克罗纳夫人,她曾在某交响乐团吹过长笛,不过谁都不知道具体是哪个交响乐团。海尔加·希塞尔(Helga Schiessel)在慕尼黑的一家啤酒厂管弦乐队唱歌和打鼓。莉莉·阿赛尔(Lily Assael)曾在一个曲艺场管弦乐队中弹过钢琴。至于法尼亚,她有时候说自己曾跟巴黎歌剧院一起巡演,有时候又说只在欧洲各地的歌舞厅唱过歌,但不是随随便便哪家歌舞厅，而是最好的歌舞厅。她在正常世界的艺名叫"法尼亚·佩拉"（Fania la Perla）。她小巧、活泼、聪明，是位出色的演奏者，"缺点"在于双手太小巧，这是妨碍她成为音乐家的唯一短板。法尼亚很有教养，记忆力惊人，幽默感也令人震惊。

除了阿尔玛之外，这几个女孩是乐团仅有的算得上专业音乐家的几位，其他人主要是犹太人，讲波兰语、荷兰语、捷克语、法语或德语。她们整体来说算不上"专家"，而是因为情势所迫聚在一起的一群人，但仍然是一群令人难以置信的音乐家。乐团中有些人，如吉他手是乌克兰人，而其他人，如维奥莉特、芬妮和您，是二手小提琴手或曼陀林手。

她们从欧洲各地被押送到奥斯维辛集中营这座巨大的魔窟中，乐团第一任指挥管这个地方叫"肛门"（anus mundi），因为这里用来处理世界上的"废物"（犹太人、同性恋者、吉卜赛人），用来给世界"消毒"。

纳粹技术专家在各种酷刑之余创造出一门艺术：让女囚根据军队进行曲齐步走，这样更方便清点活人和死人的数量，记录每天屠杀工作的效率，按照他们的逻辑，这一招可不赖。荒谬的是，这40多名年轻女子在集中营里演奏音乐，可演奏并非她们的权利——你能想象舒伯特或德沃夏克在奥斯维辛的样子吗？——有些人甚至说她们在演奏中获得了乐趣，你能想象有人在奥斯维辛觉得享受吗？可正是这种音乐救了她们的命，阿尔玛组建的这个管弦乐团共40余人，只有六人没能活着出去。跟集中营其他囚犯的生还概率相比，这个比例已经算得上令人难以置信了。

* * *

一开始我不知道乐团是怎么组建的，也不知道是谁起的头。按照推理，我认为乐团肯定有核心的韵律类乐器、打击乐器和铙钹，也许还有几支长笛，这样整个乐团会给人一种欢快和军事化的感觉，也许甚至能营造出一种"活泼"的氛围。在此基础上，再补充小提琴手、吉他手和歌手。纳粹希望成立真正的管弦乐团，而不是让几位乐器演奏者随随便便凑合演出。阿尔玛的到来，再加上霍斯勒和克雷默为她行的方便，让她可以按照自己的想法打造整个乐团，都证明纳粹想要的是货真价实的管弦乐团。

正常情况下需要数十年才能组建的乐团，这些比克瑙女囚在短短几个月里就组建起来，而且这个乐团的演出质量不再单靠某一个人的奇功，而是取决于整体水平。每天早上和晚上，劳工队早上出工，去集中营周围的军工厂、修路工地或者铁路轨道干活，还有傍晚收工，乐团都会在集中营大门前演奏军队进行曲。

为了给因日复一日的屠杀而疲惫不堪的党卫军消遣,管弦乐团就像一台新式点唱机。事实上,门格尔、霍斯勒和陶伯都曾在杀戮的过程中来到这里,面无表情地朝阿尔玛点点头,指着专门为这种场合准备的节目单,让乐团演奏个两三首乐曲,听着音乐放松放松,再接着回去杀人。有几次,门格尔要求安妮塔演奏舒曼《梦幻曲》(Träumerei)的独奏部分,还遗憾地说乐团缺了巴赫。伊莲娜不敢抬头看门格尔,她对他所代表的东西感到如此害怕。维奥莱特却不慌不乱,敢于发表意见——《死亡天使》(The Angel of Death)有一点拉丁情人的味道,查尔斯·博耶(Charles Boyer)的风格与整体画面有些不搭调……

不知道是因为纳粹虐待狂反其道而行,还是仅仅因为管理错乱,管弦乐团周末还必须给囚犯举办音乐会,这是一周当中唯一不用干活的一天。天气好的时候,音乐会在A营和B营铁丝网中间的空地举行。如果天气不好或者太冷,就在"桑拿房"或者营区病房举行。集中营甚至还有管弦乐交流会,女子管弦乐团会去男囚营举办音乐会,男子管弦乐团也会来女囚营。

***

管弦乐团的成员结构一直都没变,无论在牢房音乐室还是在外面,每个成员的位置都是由阿尔玛定的,为的是让合奏更出色。被叫作"大伊莲娜"的伊莲娜是第一小提琴手。跟海伦娜·杜尼茨(Helena Dunicz)搭档的是乐团中一位年轻的非犹太裔波兰人。过了一段时间,伊比加入她们俩。伊比是一位金发碧眼的匈牙利女孩,长得很漂亮,战前学习过古典音乐,演奏水平出色。莉莉·马特则更擅长吉卜赛音乐:很久以后,回到"现实世界"的她将拥有自己的吉卜赛管弦乐团。伊比和莉莉是1944年春天随大批匈牙利犹太人的押送车队来到奥斯维辛集中营的。

她们面前是阿尔玛的指挥台,半圆另一边第二小提琴手的桌子,那是您——埃尔莎的位置。伊莲娜对您永远心存感激,因为您去九号牢房找到她,她会永远像爱姐姐那样爱着您。您坐在小伊莲娜和小芬妮中间,这样称呼是为了区分大伊莲娜和大芬妮。大芬妮是曼陀林手,跟您和伊莲娜一起组成"比利时三重奏",是这个小团队的第三位成员。第一小提琴左边的是第三小提琴手:维奥莉特、维莎·扎托斯卡(Wisha Zatorska)和帕内(夫人)·伊雷娜·拉戈瓦斯卡

（Pane Irena Lagowska），她们都是非犹太波兰人。再往左边，稍稍靠后的是曼陀林组：大芬妮、拉凯拉·奥莱夫斯基（Rachela Olewski）和朱莉。面对指挥台，左边的是手风琴手：莉莉、弗洛拉，莉莉的妹妹伊薇特也有一小段时间担任过手风琴手。右边是长笛手：克罗纳夫人、卡拉以及她的妹妹西尔维亚和露丝。她们身后是鼓手赫尔加（Helga）和低音提琴手。指挥台右侧是吉他手：布罗尼亚、玛丽拉、舒拉和玛格特·维特罗夫佐娃（Margott Vetrovcova）。阿尔玛身后是歌手：伊娃·斯坦纳、克莱尔·莫尼斯（Claire Monis）、洛特·莱贝多瓦（Lotte Lebedowa）、法尼亚和伊娃·斯托约夫斯卡（Éva Stojowska）。让乐团成员高兴的是，安妮塔将以大提琴手的身份加入乐团，就在1943年11月她被关进奥斯维辛几天后。安妮塔的风格稳定，已经拉了十年大提琴，她的位置在阿尔玛前面稍稍偏向左侧。

乐团不用风雨无阻地外出演奏。除了其他优待不说，阿尔玛能保证乐团雨天不用外出演奏，因为乐器会被雨淋坏。天气太冷也不用演奏，因为音乐家可不能被冻伤。

乐团成员五人一列，步行前往A营大门附近，那里是演出地点。她们把乐器夹在胳膊下，就像夹着工具或者武器那样。演奏每天两次，这时她们不能穿普通囚服，而是必须穿上乐团"制服"：白色棉质围巾、白色上衣和海军蓝裙子。

天气寒冷时，她们会想办法在上衣里头再穿一些暖和的衣服，比如营地仓库"收拾"出来的毛衣或者其他衣服，用来挡风。集中营大门周围的地势就像煎饼一样平坦，没东西可以挡风，这里既没有白桦树，也不像集中营北区有混凝土建筑，因为那里整天都有囚犯被处决和焚烧。

待她们在木质乐谱架前的凳子上坐好，便会逐一演奏节目单中的十首军队进行曲，其中包括舒伯特的《军队进行曲》和柏辽兹（Berlioz）的《拉科奇进行曲》（*Rákóczi March*）。当然也包括德军"专门"的军队进行曲，如《艾丽卡》（*Erika*）和《我曾有位好战友》（*Ich Hat'ein Kammerad*），还有那首给整个欧洲招来不祥的歌曲 *Heili Heilo Heila*。

* * *

B营囚犯五人一列，在囚监的领头下，按照劳工队的队形站好。除了那些在该地区军工厂干活的囚犯身穿条纹囚服之外，其余人穿的不过是刚到集中营时领到的破烂。一听到800米开外的音乐声响起，他们就齐步往前走去。

劳工队每天都从管弦乐队面前的党卫军哨所出发，出工和收工时都要清点一遍人头，所以集中营的花名册和记录随时都会更新。囚犯租借给其他公司，每人每天有七马克酬劳，如果集中营管理部门要想从中搜刮，就需要准确知道这帮奴隶大军能领到多少钱。早上出工，这支队伍先要齐步走个几百米到集中营大门口，接着才会恢复"正常"步伐和节奏；傍晚收工，他们走到B营时队伍才能解散。

管弦乐队的安排始终如一：乐团成员呈半圆形围绕指挥台而坐，阿尔玛背对着哨所和奴隶大军进行指挥，不同乐器的乐谱架摆放位置也跟在音乐室时一样。演奏军队进行曲时，吉他手和歌手略显多余，她们把演奏者的乐谱架和凳子搬到演奏现场后，就会回牢房待着。

乐团成员都尽心尽力演奏，这是阿尔玛的要求，不过与此同时，她们也会观察那些齐步往前走的女囚，跟认识的人互打招呼或者眨眼示意。这样她们能知道朋友过得好不好，还撑不撑得住。从管弦乐团前面经过时，有些囚犯觉得在朋友面前必须振作起来，哪怕疲惫不堪或身体不舒服也会强打精神，这样对提振士气也有帮助。不过有时候，这种伴着管弦乐团演奏的齐步走也会变成一场噩梦，比如要是有女囚从干活的地方被担架抬回来，或者有的女囚被狼狗撕成碎片，想起这一幕幕，希尔德现在有时都难以入睡。

管弦乐团享有特权，不用敲打碎石修公路或者铁路，不用挨打挨饿，不用累死累活，不用十几个人挤在一张床板上睡觉，但这种特权并非始终能换来其他囚犯的好心理解。有些囚犯用妒忌或仇恨的眼光看着她们：她们毕竟是人类。毕竟，等劳工队的囚犯一走，这帮音乐家就可以回到自己的牢房排练，囚监不会对她们拳打脚踢，也不会上家伙——用棍棒伺候，好让她们"听话"。只要操上棍棒，囚犯就会立即服从命令，不管他们讲哪种语言。

* * *

阿尔玛面前的演奏者围成半圆形，作为第一小提琴手，大伊莲娜坐在这个半圆形的最远端。最能让囚犯看得清清楚楚的就是她，因为囚犯齐步往前走时，离她最近，没有哪个囚犯不知道她。她有一头金色卷发，圆圆的脸蛋，大大的眼睛，而且也很年轻，所以囚犯都觉得伊莲娜很可爱，有点像吉祥物，至少那些没觉得伊莲娜跟纳粹同流合污的囚犯是这么看的，而其他人会想：这个女孩用的什么法子弄到音乐家的特权？

有一天，她听到有人喊："怎么可能？伊莲娜，是你吗？"她听得出那个声音，一眼就能说出对方的名字：是艾达，自己儿时的朋友。艾达的父亲在布鲁塞尔开了一家电影院，她和艾达还有其他几个女孩会在电影院待上一整个下午。另一个世界的时光是如此遥不可及，如此久远。

就像平时那样，要是外面发生点什么事情，让她们想起铁丝网的外面还有另一个世界，她们在集中营过这种日子都是为了苟活下去，你必须从屠杀机器那里偷来一分钟，又一分钟，想到这里，乐团的一切美好就会立即破碎，最原始的痛苦又会重新袭来。艾达的出现让伊莲娜又回到布鲁塞尔，回到她以前的生活。伊莲娜立刻停止演奏，大声哭起来：音乐带给她的脆弱小泡泡，哪怕是军乐带给她的也好，就这样一个个炸裂。

回到牢房，还有一个意外在等着伊莲娜。又气又恼的阿尔玛，上来就狠狠地给了伊莲娜两巴掌，然后用力摇晃她："你来这里不是为了哭或者做梦，你是来演奏的！无论发生什么事，控制好你的情绪！演奏不能停下！"

虽然这次教训惨烈，但伊莲娜不得不承认阿尔玛的话有道理，也从来没有怪阿尔玛扇了她两巴掌：如果陷入以前的回忆，她们就会迷失。如果不继续演奏，没了管弦乐团，她们也就没了保护伞，奥斯维辛就成了永远的赢家。

虽然阿尔玛的两巴掌让伊莲娜认清了现实，但她依然是个充满梦想、宽宏大量和有点理想主义的孩子。同时，她决定为艾达做些事情。事情发生后的第二天，负责奥斯维辛集中营各项工作安排的军官陶伯走进牢房。他朝阿尔玛点了点头，示意她提供曲目单，然后勾选了几首曲子。陶伯又高又壮，一头金发，棱角分明的脸上有一双清澈坚毅的眼睛。他在发起疯来的狂怒之下，会对囚犯拳打脚踢，或者棍棒伺候。他还发明了一种独特的消遣方式：把鞭子举到离地面一定的高度，让女囚跳过去，没能"好好"跳过鞭子的囚犯，就会被他的棍棒打死。

就像普通管弦乐团那样，不演奏的时候，乐团成员会把乐器清洁干净，放回琴盒，在琴弦上涂树脂，松开琴弓，等等。陶伯准备离开时，伊莲娜走向他，壮起胆子向他开了口。乐团其他成员都惊呆了，纷纷沉默不语。"长官，我是囚犯51887，我有个请求。"囚犯敢开口对党卫军军官说话是极其罕见的。她必须立正，对眼前这位恶霸表现出最高的尊重，但不能直视他的眼睛。更令人震惊的是，开口向纳粹军官说话的，居然是乐团年纪最小的成员之一。

陶伯转过身来说："是吗？"

伊莲娜忐忑地说，自己最好的朋友在集中营，能不能给她安排一个没那么累的活儿。陶伯咕哝着说会看着办，然后离开了。

之后，陶伯把艾达分配到了营地仓库的服装分拣队。事件发生后很久，伊莲娜依然不明白，陶伯居然没有因为她的直言不讳而打她，更想不通对方居然真的帮了这个忙。她只是很高兴，自己出了一点力，让朋友在集中营过得没那么苦。

6

阿尔玛

巴黎／布鲁塞尔，1996—1997年冬春之交

自从我第一次和维奥莉特还有伊莲娜接触，她们口中阿尔玛·罗斯的人格就让我着迷。我不知道，是因为她在比克瑙经历的悲剧使然，还是因为她为乐团——也许这乐团就像女孩们的母校？——所有成员提供的保护使然，她的事迹都让我深

阿尔玛·罗斯

深感动。她的态度优雅又不失尊严，不仅仅体现在她不得不与纳粹打交道的场合，也体现在日常生活中。她的人道主义和艺术气质，她的彬彬有礼和精明能干，让希尔德或安妮塔这样的女孩能和她畅谈，每当有人谈起她，这些优点都自不用说，但法尼亚的书除外，对此没有哪位乐团幸存者会原谅她。阿尔玛的优点并不能完全解释她的魅力，我有过这样的感受：只要是阿尔玛，就没人能做到无动于衷。对我来说，她是一簇小火花，是比克瑙野蛮生活中的一道亮光。

阿尔玛被关进集中营，发现自己突然成了这个杂牌管弦乐团的指挥，而之前担任指挥的是柴可夫斯卡。她似乎真正下定决心：比克瑙整不死她，她也不允许自己死在集中营的蹂躏之下，外面发生的一切，都不得不屈从于她的决定。她为了在演奏音乐作品时达到完美境界的那种执着，那种愤怒，在乐团牢房距筛选囚犯的坡道不足100米的时候，都成了徒劳，因为乐团所有成员都能通过窗户看到正在发生的事情。但是阿尔玛执意把她们的注意力扳回到乐谱上，让她们专注于那些小小的音符，强迫她们暂时摆脱集中营日复一日的恐怖景象。

阿尔玛·罗斯是流行音乐指挥家——即使当时，维也纳音乐也并非人们眼中的"严肃"音乐——情势所迫，她这才扮演了另一种角色，即集中营女子管弦乐团的灵魂人物。

在弗洛拉用荷兰语写的一本小册子里，阿尔玛的一张照片引起了我的注意。这张照片可能是在阿尔玛20多岁时拍摄的，好不容易捕捉到了她永恒的青春，同时也象征着永远无法弥补的损失：在所有死去的人当中，阿尔玛也湮没其中，他们要是有子孙后代，其中会有多少人成为艺术家、作家和医生？世界会有多少种精彩，是我们将永远无法欣赏到的？

* * *

不知不觉，与阿尔玛的"邂逅"让我感到不安，我当即决定让她以及我对您的追寻成为整个故事的主线。不过当我努力去了解阿尔玛的故事时，她的人格魅力让我对您的关注程度减少了。正如西尔维亚所说，您就是她口中的"乐团小战士"之一。伊莲娜相信，为了实现阿尔玛的梦，您被解救之后肯定也一直保持着"对阿尔玛的依赖"——从伊莲娜的这番表述可以看出，阿尔玛确实希望建立真正的管弦乐团。我在想，要是你们都还活着，您的生活会是什么样子……

也许您会继续做音乐，和阿尔玛待在一起，跟着她到世界各地巡演？我的心里冒出诸如此类的猜想，还有一些更大胆的想象。您不会在德国流亡，也不会去美国，也不会生孩子。在新的管弦乐团，您会穿着集中营的制服演奏吗？您在比克瑙的过去会不会一直跟着您，在您的旅途中追随您？别人会不会把您当成"之前被驱逐出境的囚犯组成的乐团成员"？

* * *

阿尔玛是古斯塔夫·马勒（Gustav Mahler）的外甥女，其母亲是一名皈依犹太教的教徒，父亲是著名的小提琴家阿诺德·罗斯（Arnold Rosé），由于父亲的缘故，阿尔玛有一半犹太血统。纳粹上台之前，她对自己的犹太人身份并不太在意，肯定不如担心自己将来会成为"出类拔萃的"音乐家还是"资质平庸的"的音乐家那般在意。她组建了女子管弦乐团——维也纳华尔兹女子乐团（Die Wiener Walzermädeln），并带领乐团在欧洲各地巡演，专门演奏维也纳华尔兹。她曾与捷克小提琴家瓦萨·普利荷达（Vasà Prihoda）有过一段婚姻，两人合作演奏古典曲目中的小提琴片段。人们常说，两人之中，阿尔玛的演奏更有阳刚之气。

据伊莲娜说，两位天才艺术家之间实际上是竞争关系，纳粹主义在欧洲抬头之后，两人的婚姻关系结束，既出人意料却又在情理之中：那些"开明"的音乐爱好者、音乐学家和围着艺术家团团转的逢迎者很快就让普利荷达明白，妻子是犹太人会成为职业生涯上不可逾越的障碍。只要他能撇下这段婚姻，就能得到乐团指挥的重要职位。思虑再三之后，普利荷达做了个正确决定，结束了他跟阿尔玛的婚姻，也结束了两人在音乐方面的合作。阿尔玛后来搬到荷兰，与一名荷兰工程师结婚，1939年去法国避难。1943年被捕之后被转移到德朗西，同年7月20日被转移到奥斯维辛一号集中营。

* * *

我有三张阿尔玛的照片，来自她一生中的不同年龄阶段。第一张应该拍摄于20世纪20年代末，灰色背景下，阿尔玛的脸庞、右手和小提琴上端显出亮光，她的手指放在E弦上。阿尔玛留着"查尔斯顿"发型，刘海偏向右额。照片中的她长着圆润的脸庞，大大的鼻子，还有灵巧而精致的下巴，在这张脸上仍然能捕捉到一点青春期的气息。阿尔玛的眼睛半闭着，有点悲伤，近乎呆滞，但从她那淡淡的笑容我能肯定，她当时对接下来戏剧般的命运浑然不知。

第二张照片肯定是后来拍的，因为阿尔玛看起来明显更加成熟。这张照片似乎来自巴斯比·伯克利（Busby Berkeley）的一部电影，要不就是来自20世纪30年代UFA

（环球电影公司）⑪大批量制作的音乐服装喜剧之一。照片拍摄于意大利，阿尔玛站在舞台上拉着小提琴，背景是一块幕布。她的头发比第一张照片中的要长，尽管姿势是摆出来的，但看得出来她的身段很柔软。照片中的阿尔玛身子微微拱起，笑得更明朗了：可以看到她的脸颊上有个酒窝。这张照片构图讲究，阿尔玛被维也纳的一群音乐家围在中间：一位大提琴家、一位竖琴家和两位钢琴家，其他乐手都坐着，白色连衣裙的裙裾飞扬。她们面朝阿尔玛，但目光却投向舞台左侧。阿尔玛身后立着一把竖琴，让她看上去就像装饰品。这张照片肯定是用于海报的宣传照，不过拍摄效果说不上多好。

第三张照片来自一份剪报，阿尔玛正在拜访她的父亲阿诺德·罗斯。照片中的她身穿白色条纹裙，黑发微微向后挽起。她的脸更瘦了，带着淡淡的笑容。虽然她可能没来得及摆好姿势，但看起来依然镇定自若。

押送到奥斯维辛时，阿尔玛已经37岁。每一份关于她的证词都说，阿尔玛本人并不是特别漂亮，五官也很普通，但她的目光、风度和举手投足间的优雅，却非常引人注目。她

---

⑪ UFA（Universum-Film Akiengesellschaft），1917年成立的一家德国电影和电视公司。

的手指修长，那是艺术家的手。

阿尔玛小时候走路的姿势就有点不寻常，那是为了掩盖臀部的轻微缺陷所致。因此她走得很慢，步子也迈得很小。她有事要快步走的时候，就能明显看出跛行，特别是在集中营大门口或者周日在"桑拿房"完成演奏，从指挥台上下来时。

堕入地狱的经历并没有击垮阿尔玛，她始终保持庄重的举止和态度，只有从她棕色头发里的几根白头发能看出她经历的苦难。被捕前，阿尔玛从来没有真正经历过缺衣少食的生活，身体底子不错，因此成为卡尔·克劳伯格（Carl Clauberg）医生在奥斯维辛集中营十号区妇科实验的"对象"。

为了实现纳粹对世界的最终控制，克劳伯格正在寻找最快和最经济的办法，对犹太人进行大规模绝育。最复杂、最疯狂和最荒唐的办法他都试过，包括照射高剂量的X射线，多次注射导致"病人"烧伤和死亡的溶液，还有注射最古怪的煎药，所有这些都是按照希姆莱本人的命令，并在他的亲自监督下完成。阿尔玛永远不会告诉别人自己在牢房里看到的那些罪恶。

被克劳伯格选中之前，一名囚犯认出了她，于是十号牢房负责人生日那天，阿尔玛得以展示了自己的小提琴水平。

纳粹头目立即将阿尔玛转移到比克瑙,按照霍斯勒的安排,取代柴可夫斯卡成为乐团指挥,而柴可夫斯卡则晋升成为牢房头目。

* * *

比克瑙,1944 年春

两名女警卫在阿尔玛指挥演奏的过程中喋喋不休,还越谈越起劲。恼火的阿尔玛多次转身,瞪着那两人。乐团成员对阿尔玛的这种表情再熟悉不过,要是被她这样瞪着,绝不是个好兆头,意味着她们会挨一顿批评,还要加上某种形式的惩罚,比如吃完晚饭后加练,或者擦洗音乐室的地板。安妮塔就挨过这样的惩罚,当时她得了斑疹伤寒,刚从营区病房出院,身体还很虚弱,看得不太清楚,听得也不太清楚,所以弹错了几个音符,节拍也没跟上。阿尔玛没有因为安妮塔病后初愈而手下留情——毕竟演出不等人,而是罚她洗了一个星期的地板。可是,这两个纳粹分子对阿尔玛的瞪眼没有任何反应,继续闲聊。阿尔玛翻了翻白眼,低声说:"我实在忍无可忍了……" 然后她做了个手势,让大家停下来,转过身去。这时的她，比以往任何时候都更像个贵妇人，用乐团指挥（Kapellmeister）那傲慢的声音从指挥台上向那两名女警卫喊话："闭上你们的嘴巴，我们没法演奏了。"

两名党卫军停了下来，很是惊讶。"要么你们两个闭嘴，否则我们不会开始演奏。"阿尔玛说。被震慑住的两名警卫终于闭嘴安静下来，音乐声又重新响起。乐团女孩面面相觑："这个女人可真有骨气，对不对？"

对阿尔玛来说，这些事情没什么可骄傲的，哪怕她对纳粹的态度有时候是出于英雄主义，有时候是出于意气用事。她关心的是手头的事情，周日下午的音乐会对所有囚犯都很重要，对她自己也很重要。这些音乐能给人一丝希望，让人想起以前的生活。比克瑙跟其他地方没有区别，没有什么能比音乐重要，也没有什么会比音乐重要。

* * *

阿尔玛关心各位成员，谁在崩溃边缘，谁有神经衰弱，谁身体不舒服，她都会密切注意。不过，她也会留心谁在演奏过程中疏忽大意，谁要是威胁到她所组建的乐团，她都会立即制止。克罗纳夫人经常挨骂，因为她经常在各个乐章的间隙打瞌睡。多年后，西尔维亚想起这件事时仍然忍俊不禁。

　　阿尔玛不惜一切，亲力亲为，在比克瑙那带电铁丝网围起来的世界里打造出和平与安宁的梦境，而火葬场的烟囱和不断冒烟的柴堆离这个梦境只有100米远。也许她让乐团女孩无休止地演奏乐器，在某种程度上是想让她们躲过丑陋和血腥的伤害，让她们只想着音乐，不要想别的。阿尔玛要求她们在演奏时全神贯注，全力以赴。她有一双特别敏锐的耳朵，可以听出谁的音符错了、谁的和声错了，然后不厌其烦，让她们一遍又一遍地练下去。要是乐团成员的演奏水平达不到她定下的标准，就可能挨罚：维奥莉特弹错了一个音符，被罚用手擦洗音乐室的地板一个星期。有次练习《蝴蝶夫人》（*Madame Butterfly*）其中一个乐章，伊薇特进得不是时候，结果阿尔玛用指挥棒在她脸上挥舞了好多次。伊薇特被阿尔玛的愤怒吓坏了，不得不让莉莉提醒她什么时候开始演奏。

　　至于您，聪明可爱的埃尔莎，也被罚过几次。虽然您的小提琴水平高超，但有时候也会突然对阿尔玛的专断进行消极抵抗。因为阿尔玛唤起了您以前在家里经历的种种事情，那些事情一直让您耿耿于怀，所以您（差不多是）故意弹错音符，就为了惹怒阿尔玛。整个乐团排练完之后，您不得不加练，垂头丧气地弹奏您和佐莎合奏的部分，您一边拉着小提琴，一边看着佐莎微笑，互相叹气。是的，阿尔玛很有骨气，甚至在纳粹面前也表现得很有骨气，但是不按她的要求去练习，她就会让你吃不了兜着走！

阿尔玛完全认同这样的观点：要想跟外界的暴力做斗争，唯一办法就是主动将其置之度外，在其他有价值的事情上，用近乎最严格的纪律来要求自己。因此，管弦乐团的牢房里头，最不能违抗的不是纳粹的命令，而是另一种命令，因为某人依着她自己的性子做事，因为某人内心的愿望，也因为音乐本身的独特以及对和谐的要求，这种命令成了乐团不可违抗的圣旨。阿尔玛的这种观点说来有些可悲，但有时确实起作用，对伊莲娜来说尤其如此。她和阿尔玛的社会背景、年龄和经历完全不同，但是彼此可以通过音乐交流。结识阿尔玛之后，伊莲娜的音乐知识大大丰富，因为阿尔玛对音乐有自己的理解，华尔兹的节奏往往很僵硬，但阿尔玛会把它比做跳动的球，让这种节奏变得柔软。

伊莲娜愿意实现阿尔玛的愿望，作为回报，她自己也能从现实抽身出来，逃进音乐唤起的世界，感觉风吹脸庞，听到林间鸟鸣，看到马儿在森林飞驰，虽然这样的时刻少之又少……伊莲娜有时会想，自己很幸运，能这样逃避现实，也同情那些没有机会"用音乐保命"，而不得不永远留在地狱的人。

伊莲娜回忆说，自己有时候想撒手不干，这时阿尔玛会指着火葬场："如果我们发挥不好，就等着进火葬场。德国人想要的根本不是平平无奇的管弦乐团，我们要像在麦迪逊广场花园举办音乐会那样出色演奏，精心排练！"

阿尔玛确实不是自我放纵的人。一天排练结束后，她会把自己锁在那间用作卧室的小房间里。纳粹允许她开着灯，她的房间甚至还有一扇窗户，这样她独自工作时光线更好。她不知疲倦地反复研究独奏部分，还有管弦乐演奏部分。要是状态投入，她会一直忙到深夜，编排曲目，根据乐团各种乐器的特点扬长避短。她编了一些新的和声，弥补吹奏乐器不足，还有低音提琴太弱的缺点。伊薇特的低音提琴有了很大的进步，另外自11月安妮塔加入后，乐团就有了大提琴手，但还是无法演奏出交响乐团那种效果。

阿尔玛必须动用自己作为音乐家的所有知识和敏锐性来编写音乐作品，但大多数情况下，她只能从集中营纳粹头目那里拿到钢琴谱。有时，阿尔玛甚至不得不从回忆中搜索她曾经演奏过的曲目，好让管弦乐团的曲目更加丰富。1944年1月，法尼亚加入乐团，给了阿尔玛很大的帮助，因为法尼亚的记忆力惊人，能记住很多音乐作品的乐谱和编曲。从那时起，阿尔玛基本上靠法尼亚来丰富乐团的演奏曲目。

后来，乐团曲目达到150多种，包括当时的热门曲目，如彼得·克鲁德（Peter Kreuder）和扎拉·利安德尔（Zara Leander）的咏叹调、轻音乐、维也纳华尔兹、弗朗茨·莱哈尔（Franz Lehar）的轻歌剧选段，还有很多古典曲目中气势磅礴的作品，如勃拉姆斯（Brahms）、韦伯（Weber）、威尔第（Verdi）等，甚至还有德沃夏克（Dvoràk）《新世界交响曲》（*New World Symphony*）中的片段，这些片段经过重新编排，诞生了一首名叫《德沃夏克》（*Dvoràkianna*）的作品。每次她们和阿尔玛一起演奏时，都会流露出一种暗自窃喜的小调皮："这帮纳粹怎么这么蠢？"她们还演奏一些小作品，但这些小作品也需要高超的技巧，包括蒙蒂（Monti）的《查尔达什舞曲》（*Csárdás*）和萨拉萨蒂（Sarasate）的《流浪者之歌》（*Zigeunerweisen*），当然是由阿尔玛独奏。

不过噩梦也躲不掉，那就是劳工队出工和收工，必须连着演奏军队进行曲，这是一天当中的两个关键时刻，乐团成员会目睹那些"手脚健全"的囚犯从面前齐步走过，出发去军工厂或公路和铁路建设工地。

阿尔玛将这些互不相干的演奏者团结在一起，让军队进行曲的演奏变得有板有眼，"富有节奏感"，并且有战歌的样子，就像纳粹希望的那样，算得上一大成功。当然，要让手风琴和曼陀林听起来像小号和长号，需要一双有音乐天赋的耳朵和极大的创造力。

头脑聪明和精力充沛的阿尔玛迅速带领乐团在集中营中取得非常特殊的地位。对于低级别的党卫军和集中营其他成员来说，管弦乐团不过是很快就会被送进焚尸炉的寄生虫。然而，对于高级纳粹军官，比如霍斯勒、克雷默、曼德尔、门格尔和陶伯等人，管弦乐团的重要性却与日俱增。要是其他集中营有客人来访，或者柏林的集中营总部有客人来访，让这样一个有著名艺术家指挥的乐团为访客表演个几曲，那可是让这几位高级军官脸上有光的事情。事实上，据说连希姆莱本人也会看阿尔玛演出……

* * *

这种身份的转换带来了许多好处。阿尔玛几乎能够与党卫军平起平坐，并负责整个乐团的大小事务，包括编排乐团曲目、招募新成员。阿尔玛到任之后还解雇了几个女孩，因为在她看来，那几人的技术水平和音乐天赋都太弱。其中三人后来担任乐团牢房的勤务员，有一个本来可以调到营地仓库，从事"正常"工作，阿尔玛却没能帮上忙。要是有波兰和非犹太女孩被"解雇"，阿尔玛必须向玛丽亚·曼德尔汇报，因为这位纳粹女军官不希望管弦乐团只有犹太音乐家。曼德尔坚持让阿尔玛把每个被解雇的人都交给她，阿尔玛只是回答说"遵命"（zu befehl），然后转身就走了。那之后，她只跟这位女军官起过一次冲突，事情关乎两位歌手的选拔，其中一个是波兰人，一个是犹太人。当时曼德尔决定只让非犹太人歌手加入乐团，这意味着另一位歌手虽有绝妙嗓音，却救不了自己。

还有一次类似事件，阿尔玛选择了卡巴莱艺术家法尼亚，这样另一位唱歌剧的女囚就没了机会，因为阿尔玛觉得乐团的曲目要尽量丰富，不能只局限于古典音乐。法尼亚那丰富多彩的演唱能为乐团带来火花，而另一个歌手却没这个本事。

阿尔玛到任以来，乐团规模已经从不到20人增加到40多人，其中包括好几位抄写员。最开始，乐团的家伙什儿都是从男囚营的男子管弦乐团拿来的，但阿尔玛坚持认为乐团应该用上更好的乐器，甚至还从曼德尔那里弄到一把珍贵的小提琴，这把琴无疑是从某位被驱逐出境的人那里偷来的。

阿尔玛为乐团女孩争取到的物质利益非常可观，特别是食品补给。她可以向曼德尔索要双份面包，这是集中营的硬通货，能够拿来换其他好处或者稀缺物品，比如肥皂。不过，阿尔玛认为双份面包是一种奖励，而不是权利。要是阿尔玛说："你们今天的演奏水平就像一头猪！"乐团成员就会知道：今天双份面包没戏了。佐莎记得，她也获准进入集中营书库，然后牢房的气氛很快发生变化。

还有一个好处，那就是乐团成员每天都能在"桑拿房"洗热水澡。集中营拥挤不堪，就是个感染的温床，在这种条件下保持适度卫生，洗干净自己的衣服并不能绝对保命，但确实能防范慢性病。阿尔玛要求乐团每个成员都必须洗澡，谁不洗谁就挨罚。莉莉经常受不了在波兰寒冷的冬天一副湿漉漉的样子，结果挨了阿尔玛的罚。阿尔玛还让每个人都养成检查头发的习惯。毕竟，虱子是个危险的东西，因为它们携带了比克瑙的所有诅咒，特别是斑疹伤寒。

营地周围是沼泽，因此牢房构造考虑到了乐器的防潮需求。地板由木匠劳工队的囚犯铺设，音乐室还装了个暖炉。实际上，在所有牢房中，只有乐团牢房的地面没用泥土或有裂纹的水泥铺设，因为这些东西会严重磨损乐器。此外，乐团还能以演奏者要是长了冻疮就没法演奏为由，躲过那些无休无止、让其他没有特殊待遇的囚犯筋疲力尽的点名：每天早上外出前，女警卫会让她们排好队，晚上在大门口演奏完再清点人数，一天就这样过去。

在阿尔玛的督促之下，乐团水平快速上升。她把要求讲得清清楚楚，有时候还会用她的小提琴来示范乐句和一些细微差别，不管怎样，她从不原谅任何音乐上的错误，并继续对乐团成员提出越来越高的要求。排练时间延长，乐团成员经常每天演奏八个小时以上，但她们的辛勤工作得到了回报。这个地狱般的牢笼，对人类就是一种侮辱，但长时间沉浸在音乐中，让乐团有些成员甚至忘记了这里是地狱，哪怕只是短暂忘记。

虽然并非每个人都喜欢阿尔玛（毕竟您，也就是埃尔莎，还有安妮塔和维奥莉特就不是真正喜欢阿尔玛那种专横和完美主义。也许，有点太德国化？），但人人都为她的人格着迷。她们知道阿尔玛为了音乐奋不顾身，是不想陷入致命的绝望，也理解她的严于律己，是因为不想受到很多东西的干扰，而那些东西是比克瑙存在的本质：毁灭，工业化屠杀，还有对人类的清洗。

* * *

有一次，阿尔玛罕见地敞开心扉，向同是奥地利人的朋友玛格丽特（Margarete）倾诉。阿尔玛说自己并不能真正理解眼下发生的一切，她在内心筑起一道脆弱的屏障，为的是防止外面的世界，那个由铁丝网和瞭望塔圈起来的世界占领自己的内心，她现在完全靠意志力撑着，让内心世界不受侵扰。不过，她还是问玛格丽特，整个世界怎么会放任她们死在这里，不闻不问呢？

阿尔玛拒绝被纳粹机器扭曲和破坏，但并不意味着她不懂自身处境。隔离（Lagersperre）期间，囚犯严禁离开牢房，但她还是悄悄溜到外面，目睹了人间惨剧。人人都知道隔离意味着什么：在不吃不喝的"死亡巢穴"，即25号牢房度过一晚或几个晚上之后，营区病房会进行一轮"筛选"，被选中的女囚会送到毒气室毒死。这些女囚跟铁轨两旁坡道上等待被处决的人不同，她们知道自己接下来会被送去什么地方。卡车把她们拉到集中营那一头时，她们因痛苦、绝望和无助而发疯，不停地尖叫，一直叫喊到卡车的终点站，那些混凝土砌成的建筑，就是她们即将被处决的地方。作为对死刑犯的最后羞辱，进入25号牢房之前，党卫军会脱光她们的衣服，这样她们死后就不用再多一道工序。

阿尔玛靠在25号牢房墙外，听着女囚的尖叫声，然后她用手堵住耳朵，哽咽着："我希望自己不要这样死去……"然后哭了起来。

当时佐菲亚·西科维亚克（Zofia Cykowiak）目睹了这一幕，后来她告诉我说，这是阿尔玛的脆弱时刻。佐菲亚把阿尔玛抱在怀里，一言不发，轻轻拍着安抚她，然后又小心走开，让她自己恢复平静。后来，佐菲亚夜里溜出去的时候，都会小心翼翼，避免碰到阿尔玛，以免让对方尴尬。但那晚的事情之后，佐菲亚认为自己在阿尔玛的眼睛里看到了迷茫和痛苦，即使是50年后的今天，当她说起那晚的事情，依然难掩自己的情绪。

所以，阿尔玛这座希腊雕像，这场悲剧的女主角，也有过绝望时刻。正是因为这样的时刻，她在我的眼中显得弥足珍贵。这样的时刻，让她充满人情味，充满女性气息，在一定程度上调和了所有幸存者记忆中的完美主义形象。阿尔玛吸引我的地方，不仅仅在于她是一名被纳粹主义抛入深渊的艺术家，更因为她作为一名女性，是如此坚强，又如此脆弱。您看，在谈起您的时候，我想到的也是这样的形象。多么巧合啊……

7

美发师与美容院:"巴黎美人"

科隆，1996 年 12 月

  几个星期以来，我一直想去科隆。您朋友露丝打算接我，和我待上一段时间。我真的很想再去各个地方看看：美容院、您住的房子，还有环城路。您住在科隆，又几乎没有时间陪我的时候，我为了打发时间会沿着环城路四处走。

  在往返科隆的火车上，我有些不舒服。心悸，这是心脏病发作的典型症状。我只能用新法子来摆脱它：吃抗焦虑剂。我之所以感到痛苦，当然是因为德国，因为火车，因为您又一次不在我身边。可我突然明白了。距离我第一次在科隆见到您，也就是您放逐自己的地方——1956年寒假，已经过去整整40年。40，您去世时也是这个年纪。有趣的生日。在我心中，不再有任何巧合，一切都与您和我共同度过的日子相关。我还记得自己当时在担心什么，我担心到了车站，您却不在那里，这样我可能就会完全错过您。我想打消这种担心，用非常蹩脚的德语问售票员什么时候到站。我依然能看到4711号——以佛手柑香味闻名的科隆香水品牌——这串蓝绿色的霓虹数字，就点亮在车站入口处的一个椭圆形灯箱上。

我明白，自己不会在这个城市找到多少熟悉的东西。毕竟，城市建设已经开展过好多次。一到科隆，我就去市中心和大教堂周围散步。奇怪的是，一切都让我感到熟悉，只是熟悉的程度变了：科隆依然是我童年那座城市。在我幼时眼中恐怖的19世纪红黑砖房，已经所剩无几。七八十年代平淡无奇、由混凝土和玻璃建造的建筑，已经取而代之。此外，还能见到一些未来派建筑，美丽而鲜明，比如储蓄银行总部。我在这栋建筑前站了半个小时，端详着，梦想着。

当时是圣诞节前一个星期，科隆已经洋溢着浓浓的节日气氛，就像其他地方一样。整座城市的人好像都聚集到了这里，聚到这个百货公司、奢侈品门店还有新潮咖啡馆云集的地方。我第一次注意到，人们挤来挤去，完全不打算避开迎面走来的人，碰到对方时，也从来不说"对不起"。我想暖和暖和，所以走进一家店，可我为后面的人扶住门时，他们看我的眼神好像我来自火星，然后说了句谢谢。大家这是怎么了？我小时候，德国人那种让我不寒而栗、世所公认的礼貌去哪儿了？我有点懵，在人群中四处张望，好像在找熟悉的面孔一样。

"巴黎美人"已经不在，取而代之的是一家旅行社。不知道这是讽刺，还是一切向前发展的迹象？街角电影院"UFA Palast"还在。以前我白天经常去那里，特别是沙龙气氛对我来说太过香浓的时候，我经常去那里看一些无趣空虚、多愁善感、剧情缠绵的20世纪60年代德国喜剧片。

我走过这些地方，下意识地细数每一处。我还找了"鲁迪·劳"（Rudi Rau）餐厅。如果您工作不忙，我们会去这家餐厅吃午饭，可如今餐厅已经不在。我还去您家前面的公园里散了步，以前我在那里踢过足球。有次我一个人在那个公园玩射箭，差点没把一个小女孩射死，现在想起来我还心有余悸。

这座公园光秃秃的，只有一些叶子快要掉光的树，还有长得稀稀拉拉的草，让我的心情十分压抑。

* * *

露丝在家里等着我。就像1964年那次一样，我睡在她儿子丹尼的房间。我又一次回想了过往的时光，细数了一下那些变化。我第一次来露丝家的时候，住的是一个小男孩的房间，如今这个房间的主人已经长大成人，房间满是他的童年回忆、学术成就、青少年时光、旅行纪念品和爱好展示。我看见自己在这个房间，第一次学习吉他和弦，想着您居然就那样死了，接着坠入自我怜悯的汪洋，我摇晃自己，尽快从这片汪洋中游出来。

露丝告诉我，你俩结识于1956年冬天，当时她婚后刚不久。她还告诉我，您向她透露过不为人知的秘密，也讲述过您一再破碎的生活。

很明显，别人早就明白，您无法跟他人谈起比克瑙那段往事，因为没有在那里待过的人无法理解，说得更直白点，集中营那令人发指的罪恶太过复杂，无法用言语表述。您和露丝说起过比克瑙的一些事情，但说得非常笼统。之所以您能向她提起，是因为她善于聆听，而您之前可能从来没有遇到这样能听您讲述往事的人。毕竟，她是您的朋友。我通过露丝了解到，您并不是真正喜欢阿尔玛，现在她的面孔，她的人格，一直在我脑海里萦绕。您不喜欢她的完美主义和独裁作风。当然，当时的您显然没有意识到这种感情对您的影响有多大，对我的影响又有多大。

感谢露丝，我明白了《恰空舞曲》对您的重要性，也明白了这首曲子如何让您和伊莲娜结缘，您又是如何为她争取到试演机会。最重要的是，我对您在科隆的日常生活，您希望从头开始的愿望，您的幻想破灭，当然还有您突然离开去美国，那种近乎残酷的行为，都略知了一二。

露丝向我坦言，她对您的离开感到很生气。我有点羡慕她，因为她能做到不掩饰自己的这种情绪，而我一直都在怀疑，是不是因为我不够爱您，所以把您逼走了？我太想把事情说通了，所以干脆告诉自己，您可能本来就想离开，把一切都抛在身后，您没有抹去过往的痕迹，但也没有留下任何牵挂，其中有的是活生生的痕迹，比如我本人，还有那些无形的痕迹，比如照片，还有别人对您的印象和追思。这些痕迹渐渐模糊，渐渐消失，最后人们说："唉，直到最后，我们也没能真正了解她……"我还记得您在科隆买的最后一张唱片是"麻雀"艾迪特·皮亚芙（Édith Piaf）的《我无怨无悔》（*Non, jene regrette rien*）。

您给露丝留下一把小提琴，一把可怜的、没有琴弓的小提琴，没有琴盒，甚至没有琴马和琴桥，只是空有一具外壳。也许，这把琴就是您的化身？露丝想好心把这把小提琴送给我，作为对您的纪念。不得不承认，除了几张照片之外，我没有任何您的物品在身边。但我知道这把琴是您送给露丝的，我没有理由拿走它。这把琴放在露丝家很合适，那就是它的最好归宿。

露丝还记得1960年有一位特别的客人来访,当时安妮塔的姐姐雷娜特来找您,给了您一张她的照片,照片上的雷娜特很漂亮,赠词也很温馨:"赠给埃尔莎,纪念那些美好的……还有不堪回首的日子。"在沙龙里侧的屋子,雷娜特曾看到一个让人讨厌的孩子,飞扬跋扈,不善言辞,那就是待在里屋的我。⑫35年后,安妮塔仍然记得我给她姐姐留下的坏印象,还半笑着把当时的情形告诉了我。

露丝最后还告诉我一件怪事,就发生在您去世后不久。有一次她去开门,差点以为门外是我母亲!实际上是我的外祖母站在她面前,穿着您的衣服和外套,拿着您的一个手提包,这些东西露丝都非常熟悉。我不知道外祖母为何去找露丝,露丝自己也不记得了。但我能在脑海里想象那副情形,我笑了笑,不知所措,又懊恼,又无助。尽管外祖母的这番打扮具有象征意义,但我并不能完全理解,也不想弄清它的意义。外祖母这么做,是不是想取代您,表现出她的悲痛,占有您留下的一切,在一切都无法挽回的时候,让您重新活过来?谁知道呢?

---

⑫ 古希腊建筑或房屋中专供女性使用的房间。

*　*　*

踏上寻找您的朝圣之路，再次重温您走过的路，也重温我走过的路，我在路上仍然在想我那行动笨拙的外祖母。不管发生过什么，她仍然是您过往的一部分，不是吗？

现在想来，我是希望向您的朋友寻个明白，确认我长久以来的直觉：您从来无法过上那种勉强算是顺风顺水的生活。每个人生命中都会有意外和别离，但您经历的只有接踵而至的离别、破裂、逃亡、崩溃和遗弃。每一段经历似乎都是为了重新给您活下去的机会，让您换一种活法，只要您拿拥有的一切来换。真是太折腾了！

有段时间我一直在想，我们作为亲人，在您最后的化身中扮演着什么样的角色。我们定格在脑海中的，是否是您作为被驱逐出境者的那副形象？我们是不是让您成了永远的弃儿？这就是您离开的原因吗？您是不是想永远离开欧洲，好摆脱那些回忆，摆脱您再也不想背负的、有关比克瑙和贝尔森的条状图像？您希望在完全陌生的地方过上新生活，是不是代表着您必须抛开所爱的一切？抛下我，抛下您的家人、您的朋友？

我现在告诉自己，一年前我对您的追寻不一定非得用希腊悲剧的方式。起初，我在科隆有些空虚和悲伤，那些灯笼、店面的各种植物、发出翁姆吧声的巴伐利亚音乐，还有冲动购物的人群，装点出来的圣诞氛围，让我感到沮丧。我也很难过，因为我只能过成这副样子，就像您当时也迫不得已那样。

我强迫自己在这个城市四处走。天很冷，我很饿，因为我想尽量饿得不行了再去餐厅。仿佛我只有通过肉体上的痛苦，只有这般愚蠢地模仿您的痛苦，才能对您感同身受一样。

我不可能在这座城市找到您，这是再明显不过的事实。既然这里没有您活过的痕迹，那我在找寻什么？哈布斯堡林（Habsburgerring）18/20号沙龙大楼上的大理石牌匾，还是您在拉特瑙广场一号那座房子上的牌匾？有些人好像是吊唁者，像古老的唱诗班一样，聚拢在我周围，唱出我这个年近半百的孤儿的痛苦，唱出我作为愤怒少年的疯狂，或许也唱出我幼年时的种种不解。

我眼前更清楚地浮现出我们曾经拥有的温馨时光，您波浪形的头发在我面前动来动去：您有一头赤褐色的头发，我说您是红发，而您却说："不！是桃花心木的颜色！"这句话把我逗笑了。我看到您也笑了，您笑的时候头会向后甩，眼睛会闪闪发亮，还会露出牙齿，这是您特有的表情，您唱查尔斯·德内的歌曲《太阳和月亮约好了》（*Le Soleil a rendez-vous avec la lune*）时，也是这样的表情，您还把这首歌的歌词改了。

我看到我们一起购物，看到您在做饭——您的厨艺很好。我记得我们的亲密时光，您给我洗头，您的手帮我小心翼翼地挡着，免得洗发水刺痛我的眼睛。还有我参加夏令营时您寄来的包裹，里面装满了我喜欢的糖果和椒盐卷饼。这些事情证明您并没有忽略我珍视的东西。您为我做这些事情的时候，是不是有时候也盼着别人这样对您好？

我听到您问："你有多爱我？"我总是回答"112%"。大约六岁那会儿，我就已经这样回答您，当时我还不懂"无穷"这个数学概念，112%是我知道的最大数字。每当我这样回答，您总是会露出笑容。我还能看到40多年前，我们在床上拍的一些照片。我不得不承认，您完全在我身边，而且在我身边的不是那个几乎被苦难摧毁的被驱逐出境者，而仅仅是——原谅我说"仅仅"二字——我贴心的母亲，会听她的儿子告诉她，他昨天看见了一只瓢虫。

我曾经沉浸在您过往那种连绵不绝的悲伤中，几乎让自己忘了您的善良、快乐、喜悦和无忧无虑。不过我现在开始告诉自己，也许您内心深处还有别的东西，像丝绸一样结实而柔软的东西，那意味着您会向躲不了的命运低头，但绝不会真正切断所有联系。是什么让您在比克瑙保持平静和安详,又帮助您克服那些对一个女人来说难以克服的困难:婚姻失败,与孩子别离,一连串的失去和悲哀?肯定有什么东西,让您一再顽强地投入战斗。我勇敢的、年轻的母亲,我终于可以为她感到骄傲。是的,我又一次对您感到敬佩,而不是多年来侵蚀我的、那种让人丢脸的怜悯。

巴黎,1997年1月1日

我们在蒙巴纳斯的一家餐馆与维奥莉特的朋友安妮·利斯共进晚餐。聊到集中营的生活时,我们正好在吃一盘沾满酱汁的肉。我意识到这个时候谈论饥饿和死亡不太合适。这个念头让我惊讶。这是怎么了?我在谈论这些事情的时候,要是有任何犹豫不决,似乎都跟眼前的这两位女性格格不入。我们聊到了淋浴的事情,乐团成员每天可以洗澡,但其他不幸的女囚只能每个月洗一次。

突然,维奥莉特说起您。她带着一点恐惧的神情告诉我,她眼前刚刚浮现出您在集中营洗澡的情形,水下有个白色轮廓,金色头发,乳白色皮肤,我也是这样的发色和肤色——而我从来没有感谢您生下我。轮到安妮·利斯的时候，她说她想起来的是洗完澡，指尖摸到衣服被消毒和蒸煮之后的粗糙。那是一种奇怪的感觉，但算不上特别不舒服，就是衣服谈不上干燥，也谈不上完全湿漉漉，只是在蒸汽中吸了水分那种感觉。

我被这两段回忆所触动。维奥莉特和安妮用通灵般的回忆，帮我找到了自己一直在寻找的东西。我可以通过维奥莉特的眼睛看到您在洗澡，认真地洗着自己的身子，就像做其他事情一样认真，明白了您洗澡不仅是为了讲卫生，也是为了洗去比克瑙的污垢和恶臭，来守护自己的清白，虽然那只是暂时洗干净了。

维奥莉特经常跟我说起您。她说您又坚定又脆弱，我也很清楚您的孩子气和调皮的微笑。乐团由五湖四海互不相干的成员组成，矛盾不可避免，人与人之间的妒忌也不可避免，而您会用自己的言行来安抚其他女孩。十年后，您也想消除我们家里的种种误会，化干戈为玉帛，所以您没有变，周围的矛盾依然让您不舒服。

8

第二小提琴手

特拉维夫，1997年春

我来特拉维夫来得不是时候。我到这里的那天，侯赛因国王正向在边境一辆公共汽车上被杀害儿童的家属正式道歉，之前一名约旦士兵用冲锋枪朝这辆公共汽车扫射。这个国家陷入创伤，就像大多数地方在经历同样的苦难之后都会受到创伤一样，尤其有儿童伤亡的情况下，更是如此。此外，政府已决定在耶路撒冷东部地区开展新的住房开发项目——按照他们的话来说，就是建设一个安置处。人们担心新一轮袭击，武装士兵随处可见，这里一点也不太平。

在阿姆斯特丹过境机场，我已经习惯了机场的老一套：各种严格检查，还有善意但愚蠢的盘问，比如："你为什么要在阿姆斯特丹转机去特拉维夫？"我回答："因为荷兰皇家航空公司机票打折,这是折扣条款……"又问:"那为什么要在阿姆斯特丹转机?"等等。我一身黑皮衣,八成刚好就是他们眼中炸弹分子或者毒贩的那副样子。

大约十天前,我给雷吉娜·库菲伯格(Regina Küpferberg)、希尔德和西尔维亚写了信,说我打算去拜访她们,然后没有等到她们答复就立即动了身。我听维奥莉特说,给希尔德写信,多多少少要三年才能收到回信。

1958年夏天,我以游客身份访问以色列。当时我发现以色列当地人很粗鲁,"受的教养不够",比如他们说,小孩把你推来推去但不会说对不起,有人耽误了你的时间或请你帮忙,但从来不说谢谢。固然,刚刚成立的年轻国家,人们这般举止也无可厚非。

一位和我一起待了几天的法国朋友告诉我,他不得不抛弃以前"对不起、请、谢谢、你好"等礼貌用语,这是我们一生之中跟陌生人友好交流的小礼节,无论是在街上、火车上还是在餐馆,都需要用到。而在这个国家,我朋友要是想下火车,就只好在人群中你推我挤,挤出一条下车的路来。在古老的西方社会,大家互相尊重的小小私人空间,在这里是不存在的。除了社会关系中的这种粗暴之外,以色列社会的复杂性也显而易见。对希望置身事外的人来说——还有那些希望如此的人来说——这个国家颇为刺激。

* * *

我问自己,该和西尔维亚和希尔德说什么语言呢:德语?还是希伯来语?我完全能想象,希尔德和她的丈夫用德语交谈,要是第三个人也用这种语言,会对他们产生什么影响。在没把握的情况下,我选择了希伯来语。

在口译员的陪同下,我给想见的三名女性打了电话。开头很糟糕:她们都没有收到我说要来访的信。西尔维亚这次没法见我:她儿子要结婚了,筹备婚礼显然是件苦差事,因为要结婚的那个儿子"皈依了犹太教",戴着无边圆帽,留着卷发,吃着犹太洁食,等等。显然,他已经成了无聊又狂热的信徒。我通过口译员告诉西尔维亚,我正在写一本关于她还有乐团成员的书。她大笑起来,说她那段时间的生活可够写好几本书的。西尔维亚的声音有活力,也有幽默感。她同意等婚礼办完,就和我聊聊过去,得稍微等等。我们约好几周后再见一次面,然后我说祝婚礼一切顺利(Mazel Tov),她笑得更厉害了,然后挂了电话。

另外,雷吉娜的丈夫心脏不好,她得照顾他,所以目前无法和我见面。希尔德也没空:她的儿媳妇刚生完孩子,而且分娩过程中出现了一些并发症,所以她必须照顾她那刚出生的孙子，没有太多时间陪我，不过她确实说我在这里逗留期间，可以找个时间和我见面。希尔德还直率地告诉我，我的到来让她们三个人之间通了无数通电话。她们对我的项目很感兴趣，也许更多的是担心。

内策尔塞雷尼[13]，*1997 年 3 月 12 日*

在多次尝试与她们见面未果后，一天上午，希尔德终于和我见了一面。令我懊恼的是，她把我迎进她在基布兹的家中时根本不记得您了。基布兹是以色列最大和最富有的集体农场之一，至少在20世纪80年代初遭受经济危机的严重打击之前是这样。吃完饭后，我们用将近一个小时参观了农场的一小部分，其中包括防空洞、瞭望塔、纳粹浩劫遇难者纪念碑、图书馆地下室，那里有六个金属烛台，代表着"600万名受害者"，还有记录每一位受害者的登记簿。基布兹的每个人都可以在登记簿写下自己的情况和失踪家人的名字。这里到处都是鲜花，还有几棵巨大的棕榈树，这些树已经活了几

---

[13] 1948 年，从布痕瓦尔德被解救出来的大屠杀幸存者建立的集体社区。

百年。此外我还看到了许多树木、水果、其他绿色植物和动物，这里就是农民的天堂。

希尔德住在一套小公寓里，室内装潢正是我喜欢的样式：到处都是书和音乐。我和她还有她丈夫围坐在桌子旁，谈起了我的项目。我通过口译员解释，哪些是我想做的，哪些是我不想做的。我们花了一些时间勾勒出您的脸，尽管我给她看了照片，可她仍然想不起来。无奈之下，我遮住我脸庞的下半部分，只露出额头，我相信那是我和母亲最像的部分，但希尔德还是没想起来。在奥斯维辛，您和卡拉、西尔维亚、露丝在同一张桌上吃饭，你们是"说德语的那帮人"，作为桥梁，您可以给乐团的法国以及比利时女孩传话！不过那都是往事了。

我最后明白，希尔德为什么记不住您。要说您在乐团扮演什么角色，除了您作为第二小提琴手的身份之外，那就是调和矛盾、消除分歧。您不是那种人人都能记住的人，不像维奥莉特那样精力充沛和侃侃而谈，也不像大伊莲娜有着惊人的音乐天赋。根据我对您的了解，您的优点就是小心行事，不要小聪明，不和他人起冲突。

走访完基布兹之后，希尔德和雷吉娜不得不动身离开，因为她们当天下午还有事情。希尔德又坐回车里，和我们待了一会儿才匆匆离去，有那么一瞬间，她转过身来，向我们挥手告别。我目送她离开，喉咙哽咽。她穿着紫色夹克衫、海军蓝裤子，是位身材小巧却有着伟大事迹、令人心生敬意的女性。

* * *

如今我明白了，自己去找乐团其他成员，主要是想听她们说起您的事情，消除我的疑虑。然而，我当时对内心的想法视而不见、听而不闻，我没看到自己那不切实际、想要了解您过往的心思，也没看到，我对您所谓的无法为了自己战斗，也因此无法为了我战斗的无能感到愤怒和沮丧。正因为如此，我经常在她们的故事中错过有关您的信息。您活着的时候也是这样，因为我们没有真正弄懂彼此的感情，所以总是错过彼此。我接受希尔德、雷吉娜、西尔维亚和伊薇特已经忘了您的事实，但不会难过。我无法"理解"您，所以很自然地接受了您已经被抹去的事实，或者用更恰当的词来形容，就是被遗忘。每当那些记得您的人谈到您——而且总是说您的好话——也没有让我心生波澜。是不是因为我想不惜一切代价，留住这个顺从和虚无的妇女和母亲的形象？还是说，恰恰相反，她们告诉我的事情没什么可吃惊的，因为印证了我一直以来的看法？我从头到尾都明白，只是没有接受,那就是您比我们,也就是您的家人,所想象的那个您更有活力、更强壮、更坚定。

直接抛开感情不谈,您的神秘生活对我来说有了继续保持下去的必要。我可以忍受这种两难境地,既渴望了解您,又不想听到关于您的真相,但我不能忍受家人谈起您,那些话总是千篇一律,让我厌烦,搞得自己都鬼使神差地信了他们那一套。我再也不能忽视这种情感。

为了内心不崩溃,我不得不把这个沉默和安于本分的母亲形象尘封起来,实际上您比我想象的更有活力、更有存在感,被摧毁的程度也没那么严重。然而我必须不惜一切代价,让自己不要想起母亲,控制住内心因回忆母亲而偶尔出现的波澜和负面情绪。但这个愿望已经没法实现,因为我没有找到完整的您,不过我终于在隧道的尽头看到了您,这样我能踏上另一段旅行——心灵之旅,也许走下去会更加危险,但我会在自己的内心找到您。

我设身处地,站在您的角度,试着去理解乐团成员讲述的生活,就像您在看着她们一样,这种办法能让我对您感同身受。1943年春天您被捕,您的兄弟也想通过这种幼稚而荒谬的举动去营救您,不过最终没做成——幸好他没有做成,不过我认为他始终没能释怀。

您不顾一切生出来的儿子,把您的声音留在他内心深处，就像您在他心里悄悄说话一样，可他再也无法看到您的脸庞，您被解救的50年后，他终于认清这个现实。我差不多找到了永远抹去您、忘记您的方法。如果我把这个项目进行到底，写一本纯粹关于集中营女子管弦乐团的书，让您在书中成为最不起眼的角色之一，而阿尔玛才是故事的主角，这样我就能彻底忘记您。有段时间，我对阿尔玛的人格很着迷，就像乐团所有成员一样迷恋她，我无疑在脑海中让她占据了您的位置，我喜欢她，就像您在世时喜欢您一样。

这本书，我已经计划了一段时间，幸好写到最后没有彻底放弃您，也没有放弃追寻您在比克瑙淡黄色风中的痕迹，这是最稳妥的做法了。

内策尔塞雷尼，1997年1月

我们在社区餐厅里见面，这次见面对我来说是个相当激动人心的时刻。我从一开始就知道希尔德是犹太复国主义者，甚至在她被驱逐出境之前就已经是，她出力建设的这个基布兹差不多算实现了她的理想，她曾靠着这个理想，熬过比克瑙和贝尔森的磨难，还有之前在纳粹德国经历的所有艰难困苦。

在餐厅里吃午饭的大多数人都有过与希尔德相似的经历——文在他们左臂上的数字就能证明这一点，现在他们在这片土地上深深扎根，把它当成自己的家园。这个餐厅弥漫着历史和沧桑的感觉，虽然我没有这样的经历，但我会尊重它象征的力量。只要听听人们如何带着深情说出，甚至带着狂热喊出"Eretz Yisrael"（以色列的土地），就能明白。

我们周围坐的都是这样的人，在这样的氛围中，我们继续讨论项目的可行性，突然希尔德问了一个重大问题："你用什么身份来讲述我们的故事？"虽然我的回答不完整，但似乎让希尔德稍稍放下心来。

我不想集体采访乐团成员，在希尔德看来，集体访谈是最好的方式，但我不想让她们在访谈的过程中纠正来、纠正去。她们有些事情已经记不清了，有些事情又互相矛盾，这个现象本身就很有趣，不亚于那些她们描述一致的情节。我还不清楚这本书会写成什么样子，但我知道它不会像法尼亚的那本书那样，至少不会像根据法尼亚的书改编的电影或戏剧那样。我不是历史学家，只是某个人的儿子。我知道，如果自己对乐团成员不公平，有关您的回忆也会受到影响。我无法向希尔德保证，这本书会让所有人满意，我只能保证，自己会以诚相待。我做不到——而且当然也不希望根据集体访谈来写，因为我追寻的是她们各自的故事，为了让这本书起到应有的效果，我需要这样做。

***

希尔德起身去找雷吉娜，并介绍我俩认识。就在这时我意识到，希尔德一直在悄悄地暗中考验我。因为她们三个都不记得你，也不认识我，所以她们想给自己一些时间，想办法来弄清楚我是谁，我为什么有资格听她们讲述那段往事。最后，她们同意跟我合作，不过并非因为我是您的儿子，而是因为我这个项目可能合了她们的心意。

就像跟伊莲娜和维奥莉特见面时那样，我见到雷吉娜时，最让我印象深刻的还是她的声音。雷吉娜已经上了年纪，但能看得出她是个行动力强、富有创造力和战斗力的女人。以色列有些人会把握机会，在建设国家的过程中修补自己，她似乎就是这样的人之一。她的双手很沧桑，行走也困难，看东西也不大清楚，不能受光线的刺激。尽管如此，她的声音仍然充满活力，年轻而有力，仍然看得出好像有巨大的能量在推着她往前走。就像刚接触希尔德和她的丈夫皮瑟（Pise）时那样，我没有跟雷吉娜马上熟络起来，那样太草率。但我和雷吉娜是一种平等关系，没过一会儿，我们就熟络起来。是以色列、基布兹，还是彼此的性格让我们之间的关系变得简单？这些都不重要。

一边散步，雷吉娜一边用蹩脚的英语向我坦白说，自己在比克瑙的特殊身份让她痛苦了好多年，当时她担任营房勤务员，专门帮助阿尔玛管理各项杂务。多年来，雷吉娜一直对希尔德耿耿于怀，因为是希尔德让她加入的乐团。最后，她生了病，以为自己命不久矣，才终于向希尔德敞开心扉。自那以后，她感觉自己内心更加平静了。

雷吉娜告诉我，她什么都不记得了，也不想再记得那些事情。她不过是一名营房勤务员，她的故事没有任何意义。雷吉娜担心，自己已经被乐团成员遗忘，也担心自己给人留下的印象不光彩。我不知道该怎么回答她，只能说我对她的故事非常感兴趣。雷吉娜对阿尔玛的看法与乐团其他成员不同，在她看来，阿尔玛是管弦乐团的中心，也是其中的一员，所以能看清乐团里里外外的事情。阿尔玛在奥斯维辛的每一天都因为音乐被人指指点点，在那个陷入疯狂的世界，音乐演奏却能几乎照常进行。恰恰是这种立场，让阿尔玛的故事引人入胜。

雷吉娜还是担心自己讲的事情别人不会感兴趣，不过她还是同意下次等我来以色列的时候和我见面。最后，我似乎顺利通过考验，因为这三位乐团成员现在都认为我有资格——至少有能力——听她们讲述那段往事。第一次跟她们见面，就完成了这件大事。

在口译员艾玛（Emma）的邀请之下，我动身之前想在耶路撒冷走走看看。我们就像其他来到山谷的人一样，看到了山坡上白色和粉色相间的小镇。落日余晖，还有这座城2000年来的重量，神奇地交融在一起。有那么一瞬间，我幻想着自己成了一名犹太复国主义者或诗人，但突如其来的一阵感觉打断了正在欣赏美景的我：我那上颚和牙齿痛了两天还没消停。那首著名的诗突然闯进我的脑海："耶路撒冷啊，我若忘记你，情愿我的右手忘记技巧……情愿我的舌头贴于上腭……"

比克瑙，1943 年 4 月 20 日

这天押送囚犯的火车非常特别，所有囚犯都来自柏林附近的一个营地。这座营地由德国犹太复国主义者建立，可为组织成员提供农艺学、农业和经济学方面的培训。1941年前，纳粹一度允许该营地的存在，没做太多干涉。1941年后，盖世太保直接接管该营地。留下来的人被当作囚犯，为第三帝国种植蔬菜和水果。营地本身则变成青年囚犯的中转地，用来给囚犯分类，转移到其他集中营。

母亲被捕之后，希尔德在这个营地待了很长时间。她的签证一旦备妥，就能移民，但她更想留在母亲身边。她是幸存者，也有一定的资历，所以在同伴中享有一定的地位，同伴大大小小的决定，都会习惯性地征询她的意见。

火车到达集中营大门外的坡道，一车人被赶下车。他们已经习惯这种"问候"方式：纳粹只会用尖叫来表达自己的意思，他们要是走得不慌不忙，纳粹就会命令他们跑起来。唯一不同的是，这次迎接囚犯的是狼狗，还有一群身穿破烂条纹囚服的囚犯。他们下车之后，随身行李会被留在车上，由这群囚犯负责处理。接下来，一车人被分成两列，男人站一边，女人站另一边。这种狂热的仪式很难吓倒他们，因为他们之前已经吃过纳粹这一套。

他们不知道的是，这轮"筛选"非常独特。这一车人来自年轻囚犯转运营，适合干体力活，所以会按照原来的身份进入比克瑙。因此，当时14岁半、看上去却只有10岁大的西尔维亚和姐姐卡拉一起进了集中营。他们五人一列，排着紧凑的队形往前走，西尔维亚穿着别人给她的长外套，党卫军几乎没有注意到她，他们只是随意扫了一眼她站的那个队伍。

新来的囚犯不知道自己被剃掉头发之后是什么样子，只能从其他囚犯的目光或评论中推断，因为这里没有镜子，也没有窗户，看不到自己的样子。西尔维亚长得瘦小，一脸惊恐，别人能注意到的只有她的眼睛。她的手臂刚被纹上数字，疼得厉害，后来看到营地后方的烟囱，烟雾飘散到空中，给她文数字的囚犯用比克瑙的方式（直截了当地）告诉她，这些烟囱是干什么的，自己被关押的这个地方又是干什么的，西尔维亚哭了起来。

50年后的西尔维亚仍然记得，自己完成比克瑙第二项流程之后来到九号牢房，其中包括剪毛、剃头、洗澡和消毒，牢房头目看到她时有种隐隐约约的惊讶："我们怎么会让这个人进来？她就是个小毛孩！"不过牢房头目每次点名时，都把西尔维亚安排在后面，不会给这个小毛孩"正常"待遇，她在牢房也毫无地位可言。西尔维亚得了猩红热，被隔离起来，待在牢房，不能去干活。这是一种半隔绝状态，但并没有让她躲过斑疹伤寒、斑疹热还有隔离区种种疾病的侵扰。

50年后的西尔维亚在讲述那段往事时，记得转运途中两个奇怪的细节。她于4月20日被押送到比克瑙，那天是希特勒54岁生日。戈培尔给希特勒送了一份礼物——两列载有柏林最后一批犹太人，但同时开向地狱的火车，其中一列开往特莱西恩施塔特，另一列开往比克瑙。现在柏林已经没有任何光明正大存在的犹太人了，即使躲起来的犹太人也少得可怜。实际上，她搭的那辆火车是19日离开柏林的，那天是犹太逾越节，也就是纪念犹太人出埃及的日子。按照传统，每个犹太人在自己的国家都是国王，那天还在押送囚犯的火车里临时办了一场逾越节宴会。这种讽刺让我印象深刻。

9

极乐世界的女儿[14]

---

[14] 《极乐世界的女儿》(*Tochter aus Elysium*),来自贝多芬的圣歌《欢乐颂》(*Ode to Joy*),歌词为席勒所作。

纽约，1997 年 4 月

  以色列之行，白白跑了一趟，几无所获，接着我给伊薇特打了电话，然后穿越大西洋，去了纽约。伊薇特是第四个已经把您忘了的乐团成员。以色列之行后，我接受了这种常态，这不过是客观事实，不值得费笔墨。到目前为止，与伊薇特的会面让我很惊讶，我感觉自己是在跟一个非常年轻的女孩说话，因为她好像有点害怕跟成年人说话。伊薇特的声音很清脆，笑声也很好听，充满童趣，晶莹剔透。我们约好下个星期见面，可我担心进入她的世界之后，我就会像传说中瓷器店里的公牛一样。我必须再三重复我是谁、我什么时候到，还有我为什么想见她。

  幸运的是，我跟一些远房亲戚住在一起，他们离纽约的伊薇特仅一箭之遥。他们的政治观点，尤其是对以色列政治的看法，与我截然相反——我们不谈这些，但他们在其他方面都非常善良，想尽办法让我在纽约过得愉快，比如借给我一套公寓，还开车带我到处兜风。

伊薇特的家位于纽约经济富裕的郊区，就在长岛一栋舒适的大楼里。她的家里放着一份钢琴乐谱，那是贝多芬的《悲怆》（*Pathétique*）。伊薇特给我的印象并不是我们通电话之后我期待的那样。事实上，她的形象与我想象的完全相反。我想象中的是一位漂亮的老妇人，身材结实，有点沧桑，有点心不在焉。但现实中的她高大、苗条、活泼又主动。她的棕色头发里有几根银丝，扎的是马尾辫，她的脸很美，几乎没有岁月的痕迹。她正在为我们准备午餐，做的是希腊菜，她丈夫吉姆走去一旁，让我和伊薇特单独聊。

* * *

伊薇特的回忆主要集中在两方面——她自己经历的那些事，还有她姐姐莉莉从塞萨洛尼基到比克瑙经历的那些事，还有就是被解救那段时间，她靠着难以置信的运气才活了下来，重见天日。乐团生活，日常细节，甚至乐团成员的面孔，伊薇特都记不清了，甚至完全遗忘了。每天的恐怖行径、屠杀还有日复一日的机械死亡，已经融成一团令人窒息的岩浆，浮现出来的只有几张脸、几处荒唐的细节、她的音乐课、阿尔玛的到来，还有与莉莉或西尔维亚的大声争吵。

奇怪的是，虽然我们长达20个小时的访谈是用英语进行的——伊薇特可以说法语，但她更喜欢说英语，过去50年她每天说的都是英语，她还是跟我说了法语，用抑扬顿挫的调子说着小朱莉、大伊莲娜或者大芬妮的名字。尽管她年轻时经历了重大创伤，但按照她的话来说，或从很多方面来说，她依然活了下来。

虽然道理不难懂，但我相信正是伊薇特的存在，让我更好地明白了这样一点：经历过比克瑙的一切之后，要想身心都活下来，就得付出代价。伊薇特告诉我，自从被解救之后，她仍然没有自信，比如除了在她丈夫面前之外，无法在任何人面前弹钢琴。她可以为莉莉弹奏《悲怆》，前提是莉莉必须到外面去，别看着她。不过，她的钢琴水平肯定没问题：她与美国钢琴家、她姐姐曾经的学生默里·佩拉希亚（Murray Perahia）合作，后来默里在纽约举办了多场音乐会。她告诉我，自己年轻的时候，也就是战争爆发之前，很有冒险精神，但现在她对一切都感到害怕：旅行、未知的事物和各种形式的暴力，都让她害怕。

我不想把书做成目录这种东西，也不想把书做成一本指南，让人们去搜索比克瑙对您和乐团其他成员的影响。可是我忍不住问："谁能完好无损地从那里出来？"希尔德告诉我："当你被关进奥斯维辛之后，你永远无法身心完整地出来。要是你没被关进那里，你就永远无法真正理解……"

贝尔根－贝尔森，1945年3—4月

莉莉快要死了。

因为饥寒交迫，莉莉在雪地上绊倒，摔断了腿，这是她生命中第一次感到彻彻底底的无助。营区病房不过是个送死的地方，她宁愿不去。可是，她再也弄不到吃的，只有妹妹可以帮她。这时的伊薇特也不知所措，只有绝望和祈祷，妹妹这副样子让莉莉更加生气，身子更虚弱了。这个身材娇小丰满、性格泼辣的女孩现在都气若游丝了，但脾气还是很暴躁。

她们的世界变得更加小，最后只有姐妹俩相依为命：一个想活下去，另一个想帮对方活下去。最初和她们在一起的海尔格和洛特，在伊薇特姐妹不知不觉的时候消失。她们要么死了，要么被转移了到其他地方。姐妹俩刚被关进集中营的时候，克罗纳夫人就已经在乐团了，在她的姐妹玛丽亚

死后几个月，也死于斑疹伤寒。她死得很平静，就像她生前一样。原本决定尽可能待在一起的乐团成员，现在也分散到各个牢房。有的德国女孩，比如安妮塔、希尔德、卡拉和西尔维亚，跟法国人和比利时人待在一起。雷娜特也是其中之一。

在比克瑙的时候，她们的牢饭似乎经过计算，热量刚好够活下来。从春天开始，纳粹好像连囚犯吃多少牢饭刚好可以活下去也懒得算了。贝尔森牢房没有水，食物更脏，更没有营养，而且是随便分配的。斑疹伤寒和痢疾很快就找上头来，造成的伤害比比克瑙集中营还要可怕。因为贝尔森管理杂乱无章，所以瘟疫更加猖獗。唯一令人欣慰的是，纳粹分子自己也难逃瘟疫，有些纳粹虽然吃得好一些，得到的照顾也更多，但几天后还是免不了被抬走的命运。

营区病房的病人堆积如山，护士慌慌张张，到处找药，求助那些不打算把纳粹分发的少量药品拿来交易的人。囚犯就像苍蝇一样死去。只有区区几个医生在可怕的卫生条件下抵抗瘟疫的屠杀。在哀鸿遍野的情况下，你的世界缩小到你自己和身边的朋友，缩小到深渊深处最后幸存的那一小撮人。集中营大门口每天都堆放着当天死去的人，没人把这些尸体拉走埋葬或焚烧。

3月以来，贝尔森已经完全乱套，纳粹分子也不堪重负。

集中营的气氛就像世界末日一样,囚犯人数却在大大膨胀,因为欧洲更远的东部其他集中营的囚犯也被送到这里。尽管纳粹已是困兽之斗,不知道接下来怎么办,却无法跟自己的奴隶分开。四面八方的囚犯都被送到贝尔森,导致情况越来越糟糕,有的囚犯跟着车队走了几个星期的路,还要被那些越发歇斯底里的看守虐待。要是有人在路上筋疲力尽,实在走不动了,看守就会把那人领到路的另一头,一枪解决掉。

管弦乐团的成员也很疲惫,为了互相支持,就更加身心交瘁。安妮塔得了痢疾,拉到脱水,其他女孩都来营区病房看望她。她们把自己能找到的任何一口食物,比如每天汤水里的土豆碎片,都拿来给她,这样她至少可以吃到更多固体食物,不再消瘦。

* * *

您不就是在这里染上斑疹伤寒的吗,我可怜的母亲?难道是这里的荒凉,让您失去了一丝不苟的卫生习惯和战斗意志,还是更直白地说,是因为朵拉被留在比克瑙,您没了再抵抗下去的理由?那群给您加油鼓劲,您也与之惺惺相惜的女孩被拆散了。这种世界末日的气氛是否几乎摧毁了您最后的防线?

*　*　*

绝望的莉莉让妹妹尽量给她找一些固体食物,而不是她们每天分到的那种清汤寡水。伊薇特有了个疯狂的想法,并立即付诸行动。她打算直接找伊尔玛·格蕾泽。当时格蕾泽正在进行每天例行的点名,看到伊薇特在盯着自己,格蕾泽立即做出党卫军对付这种情况的典型动作,狠狠地给了伊薇特一耳光,然后把她送回了牢房。在贝尔森集中营,就像在希特勒崩溃的帝国中其他地方一样,绝对不能站在那里瞪着纳粹看!

伊薇特脑袋嗡嗡作响,去见姐姐,把情况说了一遍。机灵的莉莉立刻想到一个好办法:"回去告诉她你是谁。你是她在管弦乐团中最中意的成员,你拉手风琴时,她经常站在你面前。这样做应该能奏效。"

伊薇特心想格蕾泽这次会杀了自己,但还是回到格蕾泽打她耳光的地方:为了姐姐的命,值得冒这个险。就在格蕾泽放出她的狼狗之前,认出了伊薇特:"你是比克瑙的手风琴手!你姐姐怎么样了?"

伊薇特把姐姐的情况告诉格蕾泽,恳求她给自己安排一份工作,好为姐姐找点吃的。"我明白了,"格蕾泽说,

"跟我来,我把你安排到厨房,你可以弄点吃的。"

接下这份新工作之后,伊薇特现在每天都要搬运40升的汤桶,那是整个牢房的口粮。汤本身倒没有什么营养,却重得要命。尽管厨房暖和,不用风吹雨打,但厨房潮湿的环境让伊薇特身体变得更差。很快,伊薇特就吃不消了。到了晚上,累得筋疲力尽的伊薇特告诉莉莉,自己扛不了太久了。

不知道莉莉是自私自利到了极点,还是有超强的预知能力,她又让妹妹去找格蕾泽,请对方安排一个没那么辛苦的工作。说不清伊薇特是险中求胜,还是格蕾泽为这个年轻女孩的胆量感到震撼,要不就是真心想帮忙(谁知道呢?),格蕾泽带着伊薇特回到厨房,给她安排了一份清洁牢房的工作。除了打扫地板和整理床铺之外,这份新工作有时还需要把那些在夜间死去的人的尸体扔出去。

不过,伊薇特找到了她要找的东西,也就是莉莉活下去所需要的东西。同时她也发现一样几乎要了莉莉命的东西:一块发霉的奶酪,就在餐具柜上,被人遗忘了好几个星期。这块奶酪差点没把姐姐给毒死,但幸好莉莉很快恢复了健康。几天后,英国人来了。

后来姐妹俩的角色发生了令人讽刺的反转,人事不省、几乎产生幻觉的伊薇特被气急败坏的莉莉带到营区病房,她可不能让妹妹在解放后死去。灵光一现的莉莉拿起木炭,还有英国人捐的咖啡粉,调制了一种可怕的混合饮料,强迫伊薇特喝下去,还和其他人争辩说:"反正喝下这杯东西她会死的,要是她现在不把嘴巴张开,那害死她的就不是这杯药,而是我!"

50年后,伊薇特仍然不知道自己能活下来是因为神的干预,还是姐姐不让她死的那种巨大怒火,还是她自己不惜一切代价要活下去的顽强意志。实际上,她知道三种因素都有。

荒谬的是,正是伊薇特的病救了她,让她免于纳粹被赶走、解救者到来之后几千名囚犯死去的命运:过量的丰盛食物,对他们这种残破的身体来说,是无法消化的。

纽约,1997年4月

伊薇特为自己的孩孙感到非常自豪。我见到了她的女儿佩吉(Peggy),对方想认识我,还见到了她的外孙肖恩(Sean)。佩吉一头深色头发,身材苗条,从我手中的照片来看,她很像她母亲年轻的时候。伊薇特坚信肖恩这个三岁的小男孩会成为伟大的音乐家,因为他的节奏感很好,很有音乐天赋。伊薇特的儿子大卫(David)目前正在日本跟交响乐团进行巡回演出，他在乐团中担任中提琴手，莉莉的儿子则是一名大提琴手。真是音乐之家。肖恩的曾祖母，那个来自塞萨洛尼基、深深爱着音乐的小个子犹太女人，肯定会为他们所有人感到骄傲。

塞萨洛尼基，1943年春

一位具有阿什肯纳兹血统，可能还有一点德国血统的新拉比来到塞萨洛尼基，这是个有着近1000年历史的犹太社区。这位拉比已经在赛法迪犹太社区造成意见分歧，他到这个社区后做的第一件事就是把社区每位成员的名字交给纳粹，当时纳粹已经从意大利人手中接管该城市。每个人都认为这位拉比这样做实在是愚蠢。

之前塞萨洛尼基的犹人人对占领者并没有太多怨言，结果后来发现自己被关在城中最穷的犹太社区里度日。接下来，这些犹太人以家庭为单位被关押在一起，先是划分成多个小组，被押送到转运营，再从转运营被运往未知目的地。纳粹命令他们带上够吃十天的食物和水，这群犹太人傻傻地以为自己会被送到德国某地的劳工营。

伊薇特和她的父母亲、姐姐莉莉以及弟弟米歇尔（Michel）一起被关在营地。跟他们在一起的还有她的叔叔、婶婶和堂兄弟姐妹，整个家族都被关在一起。他们是西班牙犹太人，在希腊定居前曾游历地中海各地。伊薇特的家境富裕，她母亲对孩子抱着殷切期望，但也有自己的烦恼：她本想成为一名音乐家，会一门乐器，却没有实现。不过，她的孩子将为她实现这个目标。伊薇特的母亲负责掌管家里的收音机，每天早上、中午和晚上都会给几个孩子灌输古典音乐。米歇尔和莉莉学的是钢琴，而伊薇特三岁时就开始学习基本音乐知识，虽然学得不情不愿。莉莉让她好好学，而且态度非常严厉：犯任何错误都会被尺子打手指。莉莉比妹妹年长好几岁，态度专横又严厉，以至于两人的母亲经常不得不进行干预，伊薇特因此有段时间对姐姐很疏远。

　　三个孩子都很有天赋，母亲也鼓励他们，尽可能把乐器学好：你永远不知道它什么时候会派上用场。随着伊薇特长大，她开始学习手风琴，然后又买了一把很大的低音提琴。但伊薇特当时太小，只好等个子再长大一些，再学习如何演奏：低音提琴需要强有力的手指在弦上施加必要的压力，才能发出正确的声音。因此，低音提琴就放在家里显眼的地方，就像舞台标志，或者人生重大事件一样。伊薇特时不时看着这把提琴，有点困惑。出于好奇和异想天开，伊薇特觉得自己要是能学会打鼓，她就会弹奏低音提琴。但是要学打鼓的话，就意味着还要上六个月的课，但所有这些后来都在他们不得不动身前往犹太社区时被抛在脑后。

1943年4月，米歇尔和莉莉已经掌握了丰富的演奏经验。几个月来，他们一直在德国国防军士兵经常光顾的一家俱乐部里演奏，这样可以补贴家用。特别是他们父亲的合伙人因欺诈银行出事之后，家里收入就变得非常紧张。通货膨胀疾驰也意味着面包和水果等基本食品的价格已经翻了几百倍。有时，伊薇特会和哥哥姐姐一起去俱乐部，在那个地方，哥哥姐姐不得不看好自己的小妹妹。伊薇特长着一头黑发，肤色黝黑，面容精致，腰身纤细，很受男性顾客，特别是德国士兵的欢迎。米歇尔和莉莉曾让她用手风琴演奏过几首曲子，好展示她的精湛技艺，给顾客留下深刻印象。伊薇特有时甚至会顶替管弦乐队鼓手的位置。作为回报，顾客会给她点钱或水果。

在全家被卷入灾难之前，伊薇特家里的最后一件喜事就是莉莉的婚礼，当然是跟一位音乐家的婚礼。后来全家人被盖世太保传唤，米歇尔和莉莉被告知，他们不用去犹太人区，而是必须继续为军队提供服务。伊薇特选择和哥哥姐姐待在一起，以为这样可以看到这个国家不同地区的风土人情。与父母告别是种可怕的经历：伊薇特依然记得，母亲站在自己面前，泪流满面，向她伸出双手，现在想起来心还在痛。出发的时刻很快到来,他们跟叔叔、婶婶和堂兄弟姐妹关在一起,在令人难以置信的恶劣条件下颠簸了八天,抵达波兰。

* * *

伊薇特和姐姐到达比克瑙时,经历了跟其他囚犯一样的筛选过程。不过伊薇特差点错过活命的机会:她走下火车,准备跟婶婶和堂兄弟姐妹一起走。毕竟,她们刚刚抵达这个令人难以置信的世界,做长辈的肯定懂得如何引导她们适应。姐姐莉莉凭直觉抓住伊薇特的手,强迫她留在自己身边。"和我待在一起,别出声!"莉莉骂道。

接下来,姐妹俩经历了进入集中营必须要进行的仪式:脱衣服、剃头发、洗澡和刺青。伊薇特手臂上的刺青很疼,不过看到剃了头的莉莉时,她忍不住打趣说:"你看起来像米歇尔!"不过她马上又变得严肃起来,恐惧再次袭来。她们的兄弟在哪里,她们的父母在哪里,家族其他人呢?

进入隔离区之后,纳粹就问她们平时干什么营生,还问了出身、出生地和身份等很多没有意义的问题。

莉莉直接回答道:自己只会演奏音乐。更重要的是,在塞萨洛尼基(那是快一个月之前的事吗?怎么像过了永远那么久……),她明白德国人是多么的喜欢音乐。莉莉绝对骨子里就懂活下去的玄机。她知道,通过提供德国人想要的东西,也就是音乐,可以换取食物、好处和活下去的权利。

正常情况下,伊薇特会用一阵笑声来回应这个可笑的问题。你怎么能问一个15岁的孩子平时干什么营生?但是,当纳粹问她是否能用那双手做点什么时,她回答说自己还会弹钢琴和手风琴。起初,伊薇特担心问话的人只是想当面嘲笑她,结果他们只是点点头,在卡片上写了些什么,然后挥手让她过去了。

几天后,伊薇特已经忘了自己身在何处。这里的时间流逝跟其他地方不一样:不知不觉,她已进入奥斯维辛时间。这里的每一天都一样,每分钟就像一个小时那么长。也许是因为,这是她们偷来的时间,而她们生活在只有一条出路的地方:那就是去死。

一开始,伊薇特问别人自己的叔叔、婶婶和堂兄弟姐妹在哪里,得到的是比克瑙的标准答案:别人把烟囱指给她看,说这是离开这个地方的唯一方式。起初,她以为这样说的人都疯了,但很快她就明白了真相,后来甚至还发现她的两个堂姐妹——孪生的姐妹俩,一起死了,因为她们受不了一个活着,一个死去。

＊＊＊

莉莉和伊薇特在夜里紧紧拥抱着对方，因为天太冷了。波兰的冬天很严酷，而她俩都来自南方，那里有太阳。伊薇特被关进集中营之后不久，纳粹就给她安排了一项吃不消的任务。有个囚犯病了，纳粹命令她顶上去，接着伊薇特不得不在集中营外面某个地方搬一整天的砖头。到了"午饭"休息时间，她已经累得吃不下饭。晚上回到牢房，伊薇特对姐姐说，自己很快就要死了。

然后，不可思议的事情发生了，一个跑腿的囚犯正好这个时候进来，喊出了两个号码，是伊薇特和莉莉的号码。两人一开始很是害怕，这个反应再正常不过。我们哪里做错了？在比克瑙集中营，能不能活下去似乎取决于能否融入其他囚犯。要是被单独挑出来，通常都会挨打，一般是被棍子抽，这种额外的痛苦进一步削弱了囚犯的反抗。

姐妹俩被带往B营，那里还没建好。两人被眼前的景象惊呆了，四个女人坐在那里，一动不动，膝盖上放着吉他。她们面前的一张桌子上是乐谱，甚至还有好几张米歇尔抄写的乐谱，因为她们一眼就认出了米歇尔的笔迹。得知兄弟还活着，她们忍不住松了一口气。

一个圆脸庞、有着棕色大眼睛的年轻女人看着她们。那人的名字叫玛拉·齐内特鲍姆。她看到伊薇特如此年轻,便给了伊薇特一件毛衣和一些面包,她的优越地位意味着她可以轻易获得类似好处。"你们会音乐?拉手风琴的?表演一下,让我们看看你们的才艺。"牢房头目兼高级指挥家佐菲亚·柴可夫斯卡说道。她随手拿起一张乐谱,递了过去。姐妹俩意识到这是一次试演。莉莉以前弹过这首曲子,大部分都弹得很好,但以前是用钢琴,而不是手风琴。她假装用双手演奏,但只用到乐器的右边部分,即设计成小钢琴键盘的那一侧。"别担心,"伊薇特低声说,"我会帮助你解决基础音符的问题。"

柴可夫斯卡的音乐造诣不怎么样,她甚至都没有看出破绽:只有三只手在演奏乐器,而不是四只。尽管如此,她似乎对姐妹俩的演奏很满意(也许她没别的选择?),伊薇特和莉莉正式成为管弦乐团成员。

* * *

从现在开始,手风琴这种比长笛更有力、更响亮的乐器,在管弦乐团走向集中营大门时,在队伍前面带路。伊薇特走在最前面,在第一排左边,其他人都按照她的步子走,莉莉就在她旁边。伊薇特的技术进步很快,她是个有天赋的音乐家。

管弦乐团五人一列往前走,在到达距离集中营大门的指定位置之后(约800米),她们就按照在音乐室里排练的顺序,一首接一首地演奏军队进行曲,直到最后一支劳工队走过去,她们再齐步走回牢房。

柴科夫斯卡担任指挥期间,对乐团演奏水平的要求算不上非常苛刻。她们练了几首新的军队进行曲,还尝试用管弦乐演奏波兰民歌。这些演奏者本身的音乐造诣并不是特别高,而且柴可夫斯卡也不知道如何提高她们的水平;作为一名小学教师,她以前只给小孩子教过音乐。面对这帮被扔进地狱的年轻女孩,她甚至不知道如何跟她们交谈,或者用什么语言跟她们交谈。所以她要么疯狂发火,要么在书房生闷气。那间书房也是她的卧室,就在宿舍兼餐厅的那间屋子与音乐室之间。

柴科夫斯卡1942年被关进比克瑙,是少数几个在集中营早期活下来的囚犯之一。当时整个集中营都是沼泽地,几乎没有任何卫生设施,生活条件甚至比现在更令人震惊,尤其是对女性而言。虽然柴科夫斯卡高大强壮,但过去一年在她身上留下了不可磨灭的痕迹。她的情绪时好时坏,先是雷霆般暴怒,接着又陷入抑郁,发作起来毫无预兆,而且好像她自己也躲不了。

尽管她的行为前后矛盾，但乐团仍在她的指挥下继续运作。她在集中营算是**有点声望的人物**，所以能跟那些与她处境相同、地位类似的囚犯接触，比如负责食品和服装仓库的囚犯，这意味着她能够为管弦乐团带来一些好处，包括弄到更多面包、更合身的衣服、更合脚的鞋子（鞋子过小或过大都会造成巨大痛苦，甚至死亡）。此外，跟其他牢房不同的是，她不会克扣经手的口粮，还让营房勤务员搅拌均匀汤汁里的混合物——这样做非常重要，因为汤汁会更均匀，每个女孩都能得到属于自己的那份为数不多的肉和土豆渣，否则这些肉和土豆渣会留在桶底，没人能吃到——这好处一般都会被牢房头目还有她最亲近的朋友给享用了。

她尽可能给年纪最小的成员西尔维亚和伊薇特特别的照顾，时不时喊一声"伊薇特卡（Yvetka）！"，然后多给伊薇特一个苹果或面包。伊薇特很年轻，而且有点天真得过了头。在排练的休息时间，她会离开牢房，坐在外面长得稀稀拉拉的草地上：有次一个年轻的女人坐到她身边，那人看上去似乎很有同情心和爱心。后来有一天，伊薇特收到一封感情炽烈的信，但是她看不懂。伊薇特去见柴可夫斯卡，对方看了信后大笑起来，向目瞪口呆的伊薇特建议说，她不该去草地上坐着。

柴可夫斯卡也有最喜欢的朋友，比如丹卡·科拉科瓦（Danka Kollakowa），这是跟她一起被关进比克瑙集中营的朋友，之前已经在劳工队有一份安全的工作。为了跟朋友待在一起，柴科夫斯卡给丹卡安排了铙钹的位置，之前负责铙钹的是14岁的希腊女孩、梅纳什（Menasche）医生的女儿莉莉安娜（Liliane）。梅纳什医生则在男子管弦乐团中吹奏长笛。

一旦被乐团抛弃，小莉莉安娜就活不下去了。50年后，伊薇特跟我讲起这件事情时，依然感到愤怒。就为了让她自己好受一点，柴可夫斯卡让她本来已经在劳工队享有特权的朋友取代了原本只能靠管弦乐团才能活下去的孩子，剥夺了这个孩子活命的机会。

* * *

8月底阿尔玛到来，一切都变了。从一开始，她就对乐团提出了更高的要求，工作节奏也大大加快。如果演奏者的表现没有达到她的期望，就会遭到严厉批评。她说出口的那些话可能很伤人，还会把指挥棒扔到她们脸上——扔指挥棒的传统最早来自指挥家阿尔图罗·托斯卡尼尼（Arturo Toscanini），结果是他在纽约大都会歌剧院的音乐家们静坐罢工表示抗议。莉莉是专业音乐家，受不了这种待遇，差点就要抗议，幸好伊薇特和大朱莉积极干预才阻止她爆发。尽管如此，莉莉在演奏过程中不听阿尔玛的话还是受到了惩罚，阿尔玛让她闭嘴并服从命令，似乎是对她最严厉的惩罚。

除了阿尔玛之外，最近从荷兰来的弗洛拉也让人担心。弗洛拉也是手风琴手，这样乐团就有了三位手风琴手，可能太多了，于是伊薇特不再在音乐会上演奏，只保留早晚演奏军队进行曲的角色。她担心被乐团抛弃，再次回到劳工队，去路上干苦力。毕竟，阿尔玛已经对乐团开刀，水平最差还有积极性不高的成员都会被调离乐团。

虽然阿尔玛严格要求乐团成员，希望提高演奏水平，但她经常抱怨乐团缺少实质性内容，缺少低音。突然，莉莉想起家里角落那把为伊薇特准备的低音提琴，心生一计。她去找阿尔玛，提出一个惊人建议：为什么不让伊薇特跟随男子管弦乐团的低音提琴手学习低音提琴呢？这样既可以解决手风琴手太多的问题，又能让乐团的奏乐变得完整。

阿尔玛对这个建议很感兴趣，有一次霍斯勒来牢房查看，阿尔玛向他提出这个建议。霍斯勒也来了兴致，他问伊薇特多大年纪。

"我15岁半了。妈妈给我买了一把低音提琴，但我在被捕前还没来得及学习如何演奏。"

"那你母亲在哪里？"

伊薇特指着牢房后面冒烟的烟囱。

"……可怜（Schade）。"

可怜……霍斯勒是否刚刚意识到，一个低音提琴学徒的母亲——哪怕是个犹太人——也像其他人一样是个人？霍斯勒立马跟男子管弦乐团的指挥安排好课程，低音提琴手每周会给伊薇特上三次课。这次安排跳出了集中营日复一日屠杀的禁锢，在男囚营和女囚营之间建立起罕见联系，也导致了后来的一些事。

米歇尔是莉莉和伊薇特的兄弟，经常能收到有关姐妹们的消息。有一天，他陪低音提琴手到女囚营——要是被抓住，他会受到残酷惩罚。另一位演奏者，小朱莉的哥哥，是男子管弦乐团的小提琴手，在正常世界是一名建筑师，有一次想给她的妹妹递纸条，结果被发现了。作为惩罚，朱莉被抽了25鞭，她哥哥则差点被看守打死，比起高级军官，看守对音乐给他们日常工作——屠杀囚犯——带来的好处可没那么看重。

考虑到此去的风险，米歇尔带上了各种乐谱和乐器，然后和低音提琴手一起出发了。他穿过男囚营大门和通往毒气室的路——比克瑙集中营的主干道，最后穿过B营大门，沿着拉格大道往前走。

进入女子管弦乐队牢房前,米歇尔看到其中一位最心狠手辣的党卫军军官玛丽亚·曼德尔走过来,转身拼命跑。曼德尔追了上去,最后追上他,命令他解释一番。米歇尔最终承认,他来找自己的姐妹——手风琴演奏者。米歇尔运气不错,曼德尔对伊薇特很有好感,允许他去看望姐妹俩。这件事就这样过去了。

很快,伊薇特就成了必不可少的一角。纳粹军官也在观察她的表现,几个月后,他们对她的进步感到满意。霍斯勒经常来看她在做什么,作为技术专家,他会站在她面前做笔记。伊薇特几乎不敢看他,因为她觉得在自己身边徘徊的是个恶魔。

就这样,在毒气室的阴影下,在火葬场的恶臭烟雾中,囚犯还能在比克瑙讲授和接受音乐课程。

10

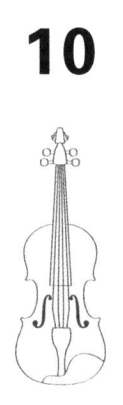

波兰舞曲

华沙—克拉科夫，1997 年春

  我很少如此痛恨一座城市。华沙很臭，也很丑陋。这座城市有笔直而宽敞的大道，在与西方国家从"冷"战过渡到"热"战的情况下，可以当成轰炸机的备用起降跑道。到处都是可悲的、退化了的混凝土块，这里还有莫斯科大学大楼的翻版，不过这个翻版的名字叫文化科学宫。对面是丑陋的中央车站，"宫殿"周围是一家假日酒店和一家闹哄哄的万豪酒店。华沙的人很穷，我一出机场就被出租车司机骗了。每隔两分钟我就被他骚扰一次，我想应该是为了钱：这是我人生中第一次听不懂对方的任何语言。

  从下飞机的那一刻起，我就感觉被这个地方压迫得喘不过气。我没有天真到认为是这座城市的丑陋让我感觉压抑。

波兰的声音也让我痛苦，甚至到了剧痛的地步。我在市中心的一家酒店住了一晚后，就坐火车逃离了这座城市，突然有什么东西袭来：一种窒息感，我浑身冒冷汗，心脏绞痛。我要去克拉科夫见海伦娜，我还要去比克瑙。

一到克拉科夫，我的抑郁和痛苦就消失了。从我和我的波兰语翻译马辛（Marcin）的第一次观光开始，我就爱上了这座城市。他给我讲述了这座城市的一些轶事，包括几个世纪以来这座城市不同风格的房屋：意大利式、中世纪斯拉夫式、文艺复兴式、巴洛克式……这座城市就是一首色彩和建筑风格的交响乐，不同风格互不冲突，而是创造出非凡的和谐。他把我带到一家书店，这家店可能是世上最美丽的书店，店面是一个有柱廊的巨大房间。我的呼吸更加畅快了。这里的人似乎比别处的更友好、更年轻，也许还更漂亮，我有种回家的感觉。

谈到我打算写的这本书时，马辛没有表现出完全中立的态度。他的父亲作为政治犯被驱逐，1940年被关押在奥斯维辛集中营，但奇迹般地活下来；他的母亲被驱逐到拉文斯布吕克，"为了孩子"，保持了一辈子的沉默，秘密也藏了一辈子，就像我的情况一样。

为了跟海伦娜见面，我软磨硬泡。一开始她积极回应我，但是在我准备从巴黎动身的前两天，她让我不要来，因为佐菲亚病得很重。我想她只是不情愿地改变了主意。毕竟，你不能强迫人们去唤起这样的回忆。

一天下午，海伦娜让我们去她家，我立刻就对她产生了好感。她很瘦小，有一双清澈的眼睛和一张严肃的脸，就像不得不迅速长大的少女。在这座位于克拉科夫郊区，用混凝土砌成的小公寓里，你可以想象自己就待在战前波兰那些安静的屋子里。这个地方没有任何华而不实的东西，一切都很干净，是那种一丝不苟的整洁。我看到屋子里有乐器、书桌、书籍、照片和画像。她总是想好之后才开口，似乎是在思量我说的话和她自己知道的事情。每当想到什么，她经常说"啊哈！"，并用力点头。过了一会儿，我一脸期待地等着她插话。

比克瑙，1943 年 11 月

海伦娜和母亲已经被纳粹逮捕几个月了。这几个月来，纳粹已经神不知鬼不觉地抓捕了抵抗运动的很多骨干分子。两人于1943年1月被告发，接着落入纳粹爪牙之手，自那以后，两人已经在家乡利沃夫的监狱服刑数月，牢里的条件极其艰苦。海伦娜和母亲原本天真地认为，接下来事情会有好转，结果她们被关进25号牢房隔离，当时这间牢房还没当成毒气室的前厅。

作为毕业于音乐学院的小提琴手，海伦娜一到比克瑙就说自己是一名音乐家。她在没有任何反对意见的情况下通过试演，很快成为乐团一员。然而，在听说25号牢房的作用之后，她对母亲的命运感到担忧。她知道隔离牢房的条件是多么糟糕，囚犯随时都会得斑疹伤寒和痢疾。她担心自己55岁的母亲没法活下去，所以经常去A营探访，希望能把母亲弄到相对轻松的劳工队。

海伦娜为人腼腆，也没人指点，所以没能为了母亲出面与曼德尔交涉。令人害怕的事情还是来了，海伦娜的母亲在女儿加入乐团之后六个星期患上痢疾，海伦娜只能做一件事，那就是想尽一切办法把母亲送进营区病房。囚犯得了痢疾，会因脱水变得虚弱，但要想到病房接受治疗特别困难：病房只收治那些发烧的囚犯。不过，在波兰狱友的帮助下，海伦娜成功让母亲住进营区病房。她还给母亲带了一些汤、水果和吐司，在朋友的帮助下，还能给母亲打一些葡萄糖。可是，海伦娜的母亲很快就去世了，那天是1943年12月2日。

克拉科夫，1997 年 5 月

亲爱的海伦娜：

虽然中间有些小曲折，但您最后还是同意和我见面，并且同意我在书中记录您在女子管弦乐团的部分故事。我在想，与没有这般经历的人谈论那段往事，要付出多大的代价？如果有人像我一样，努力去思考那些无法理解的东西，那么他就不要强求自己去理解那些东西。有的事情讲不清逻辑、时间顺序和条理性，在谈到比克瑙那段历史时，道理更是如此。

我有没有缠着您谈起那段往事？我有没有让您讲得太多？我有没有缠着您开口？我有没有让您去想那些不可想象的事情，讲述那些说不出口的事情，描述那些无法描述的事情？我挣扎过，而且无疑还会继续挣扎很长一段时间，跟一些无法实现的事情作斗争。我明白，我必须把自己了解到的事情告诉世人。我想这样做，但那些说不出口却又必须说出口的事情，您要怎样讲述呢？

您为马辛和我各泡了一杯茶，忙活来忙活去，是个贤惠的家庭主妇。您的身影是那样笔直，您的一举一动是那样干脆利索。您家里的钢琴和小提琴架之间，贴满了您家人的照片，我在这里就是个陌生人，这种感觉让我震惊。虽然从道义上来说，我可以放心与您联系——您和乐团其他成员的故事不能再这样湮没或埋葬下去——我发誓不会让您或其他幸存者在您的记忆中受伤和流血，尤其是当这些记忆已经几乎结痂痊愈的时候。

从比克瑙"出来之后"的岁月里，你们都不得不重新学习如何在几乎正常的世界中生存，这种学习需要极大的毅力。我想，在努力活着的过程中，为了不让自己发疯，您不得不把最可怕的记忆从脑海中抹掉，这样才能不用背负比克瑙的负担。尽管这项任务艰巨，有时最原始的感情会浮现出来，我们的谈话过程中就有这样的时刻。

您非常克制地对我说起您母亲去世带来的痛苦。但在您回忆的过程中，您的声音断断续续，沉默了几秒钟，我感觉有必要换个话题。您忘了，"那时"您的母亲懂音乐，能阅读和书写乐谱，您没有想到为她介绍一份乐团抄写员的工作，您一直在为当时的疏忽自责，同时也责怪自己没有像安妮塔为她的姐姐雷娜特做的那样：向女囚监曼德尔开口，这样母亲就能得到一份跑腿的工作。

你们在"死亡行军"之后获救，之后您会定期前往比克瑙祭奠您的母亲，就像我们去墓地扫墓一样。您怀念母亲，觉得自己对她有责任。你们战胜了纳粹主义,您和乐团幸存者付出了沉重的代价,而且你们还在继续付出代价。您母亲去世两天后,您因患斑疹伤寒被送入营区病房,无论您是否有意为之,您在跟我讲述这段往事的时候,都认为是自己害了母亲。请允许我——请再次允许我——说一句,您内心深处也明白,不是您的疏忽,也不是您的腼腆害死了您的母亲,是纳粹杀害了您的母亲。

爱您的,

让-雅克

比克瑙,1944年1月

在朋友帮助下,海伦娜一个月后从营区病房出院。她本想早点离开,因为她知道这个地方说是医院,其实更像一座死亡魔窟。可海伦娜几乎站都站不起来,走出病房的时候晕倒,于是又被留在了医院,直到"身体恢复得差不多了"才被放出来。乐团的朋友来看她,几乎每天夜间点名之后都会给她送来食物。

乐团的狱友之间团结互助,但乐团成员是凡人,而不是圣人,所以也会闹不和。虽然乐团是死亡营中受到保护的飞地，但这个团体并不稳定，也不能幸免于比克瑙的非人道压力。

除了这座巴别塔中无法逾越的语言障碍之外，还有一条无形但强大的分界线，将乐团分为两个不同的群体，有时甚至是互相敌对的团体：一个是犹太人，她们占劳动力的大多数；一个是波兰人，身体强壮，伙食更好，但这群人中也蔓延着难以置信的极端反犹太主义。有些囚犯在集中营的资格更老，她们是被当成人质驱逐的，或者以抵抗组织成员的身份被驱逐。还有一种更少见的情况，有的是因为藏匿了犹太人而被驱逐。不过乐团成员中无一人是最后这种情况。囚犯中有共产党员，也有思想自由的女性，但并不妨碍反犹太主义的重新冒头。

波兰人在集中营里有某种程度的独立地位。他们被当成"雅利安人"——这是一种耻辱，因为纳粹认为波兰人是"斯拉夫"人种，想把波兰人当成千年帝国的奴隶，但波兰人仍然享有不用参加"筛选"的权利，也是最早被关进奥斯维辛一号营和比克瑙的一批人。

最年长的是牢房头目佐菲亚·柴可夫斯卡和斯特法尼亚（Sztefania），也就是人们口中的法尼亚夫人（Pane Founia），两人的编号分别是6873和6874。按照集中营的等级制度，这表示她们是知名人士，是"贵族"成员，可以享受一些特权，可以躲过任何苦役。她们担任囚监，负责看管牢房，或者在集中营的行政部门工作。从四个数字的"编号"就能明显看出她们能屈能伸，拥有随机应变的能力，因为这样才能在奥斯维辛的世界里活下来。跟集中营其他老资格的女囚搞好关系能带来额外的物质好处，这些好处又让整个乐团受益。

乐团的波兰人占了三分之一，是个亲密无间的团体，但将她们团结在一起的其中一条纽带是几个世纪以来的反犹太主义，这是波兰人特有的情愫，也许没有纳粹的反犹太主义那么"科学"，但也同样来势凶猛。

* * *

波兰人在牢房有自己的地盘，有自己的桌子，跟俄罗斯人和乌克兰人共用，不演奏的时候这群人就待在一起。她们几乎完全不想跟乐团其他成员交朋友，也不跟其他人混在一起。几个月以来，她们每个人都想法子弄到了舒服的衣服，就存放在音乐室的一个梳妆台上。

有一天，担任营房勤务员的玛丽亚决定清理各个抽屉里的衣服，下令把多余的连衣裙带回服装仓库（Bekleidungskammer）。得知这一消息，维奥莉特随便拿起一件毛衣，送给了在厨房干活的朋友。几天后，这位朋友穿着这件毛衣，给维奥莉特送来一些土豆。玛丽亚注意到这件毛衣，怀疑有黑市交易。这是个严重指控，可能会产生危险的后果，包括被送进纪律检查团，甚至会面临更严厉的惩罚。尽管如此，玛丽亚毫不犹豫地把维奥莉特拖了出来，准备把她带到纳粹面前接受处置。

伊莲娜马上出手相助，说是自己把毛衣给维奥莉特的。安妮塔也说是自己给的，接着大多数犹太囚犯都说是自己给的毛衣，最后玛丽亚放弃自己的执拗，不再惩罚维奥莉特。对质过程中，没有一个波兰人挺身而出。

还有一些令人心灰意冷的类似场景，依然让维奥莉特和伊莲娜痛苦。这种时候多半与食物有关。有的波兰囚犯经常收到家人寄来的食品包裹，有时甚至能收到鸡蛋、黄油和水果等新鲜食物。犹太囚犯没有这种特权，她们有时会吃那些波兰人甚至碰都不想碰的口粮。有的囚犯，家人每天都会送包裹来，但她们宁愿把盘里的食物倒在地上或脏水桶里，都不会把多余的食物分给犹太囚犯。有时候，她们在凑合着用的锅里煎鸡蛋或冷肉，丝毫不顾别人感受：脂肪融化的气味对那些吃不饱的人就是一种真正的折磨。伊莲娜后来告诉我，芬妮每次都想发飙，您，也就是埃尔莎，会安抚她。芬妮说："她们至少用不着这么招摇！"

可非犹太人对犹太乐团成员的敌意毫无收敛。有一次，海伦娜也被卷进冲突，而且这次的冲突是因音乐而起。法尼亚的记忆力惊人，编排乐曲的能力也出色，一直在帮阿尔玛丰富乐团的曲目。有一天，她们决定演奏贝多芬的《悲怆》，法尼亚把这首曲子编成了弦乐四重奏。她们热爱音乐，但平时一直都在演奏军队进行曲，艺术上的满足很有限，所以这次想自娱自乐，为自己演奏一把。

预定阵容包括小伊莲娜、大伊莲娜、安妮塔，还有担任第二小提琴手的海伦娜。排练本来一直很顺利，可突然，海伦娜被迫停了下来。原来乐团所有波兰成员都给她下了最后通牒：要么停止与犹太人的所有合作和个人接触，要么就从波兰人的圈子滚出去。被隔离、被孤立或被排除在群体之外，实际上都等于是一种死刑。海伦娜别无选择，只能屈服。但现在回想起来，没有人记恨她。说来令人难过，就因为这种愚蠢的反犹太主义行为，自己好端端地失去一次演奏机会。她告诉我这次事件造成的伤害有多大，当时还为这事哭了。

1944年7月14日，乐团的法国成员和比利时成员在音乐室唱《马赛曲》（*La Marseillaise*），一个波兰人走进来问是怎么回事。在她看来，犹太女子唱任何国家的国歌，往好了说是荒谬，往坏了说那是异端。

有一天，气急败坏的维奥莉特和小伊莲娜决定来一次报复。她们这么做不过只想压压波兰人的威风，为了表示表示，但最后吃了个痛快淋漓。口粮最丰富的一个波兰人在她的柜子里放了一整箱面包屑和干蛋糕碎片，还有吃剩的食物和饭菜，都是外面寄给她的。两个人抓住箱子，把里面的东西统统倒出来，贪婪地享受着每一片面包屑带来的热量，还把长期以来忍无可忍的怒气发泄出来，把所有食物都分了出去，谁想吃，都有份。后来，这箱食物的主人一直没敢吭声。

奥斯维辛，1997 年 5 月

个可爱的春日里，我和我的波兰翻译马辛来到奥斯维辛镇，这是一号集中营所在地。在前往奥斯维辛的车上，我一直处于极度紧张的状态，心里满是恐慌。我还幼稚地想，如果到了那里，我像个孩子一样哭起来，马辛会有什么反应？

我们把车停在旅游大巴旁边的停车场。这里给我的最初印象是，这个地方太小了，尤其是跟我印象中相比。房子用脏兮兮的红砖砌成，有几座木制炮塔，当然还有具有神秘用途的混凝土设施：土丘上长了草，上面有个又高又大的平行四边形烟囱。这里是火葬场。正前方是第一任奥斯维辛集中营指挥官霍斯在1947年被绞死的广场。

奥斯维辛一号集中营现在是博物馆，里面展出了所有需要展出的和令人发指的物品。其中一处牢房的房间包括如下"展品"：成堆的假肢、眼镜、儿童的衣服和鞋子。行李箱的盖子上还能看到用油漆写的白色名字，比如"M. 弗兰克"（M. Frank），这个行李箱也可能是玛格特的，也就是安妮·弗兰克的妹妹——为什么不可能？有间牢房的陈列柜里展出了一件牵动我们心弦的遗物：一件用大号毛线织成的婴儿背心，现在看上去已经变得陈旧，蓝粉相间的颜色褪了色。马辛想象着他自己的儿子穿着这件背心的样子，而我，从来没有自己的孩子，想象着在"以前"的生活中曾经照看过的婴儿……

另一个牢房区展出了法国、捷克和波兰囚犯当时的生活条件，在专门介绍奥地利囚犯的牢房区还有一张阿尔玛·罗斯的照片。博物馆的入口处有一份极具道德情怀的介绍，阐述了纳粹对波兰的侵害和占领，还有波兰的抵抗和最后解放。

靠近入口处的牢房区里有一家书店，旁边是一家自助餐馆，卖饮料、三明治和汉堡。麦当劳在哪里？1945年1月集中营被解放时，苏联军队制作的一部电影蒙太奇就在自助餐馆旁边的放映室里播放。

你可以在导游的带领下参观，也可以按照自己的路线参观。关于囚犯如何在集中营后方毒气室被毒死和焚烧，馆内有相关的技术性介绍。导游介绍了毒气室和焚尸炉之间的铁轨，并冷静地描述了负责这项工作的囚犯的动作。他没有愤怒，没有抵抗情绪，也没有厌恶，他只是按部就班地完成向导的工作而已。在11号牢房区的地下室，也就是"死亡牢房区"，我们又一次碰见这位导游。他对我们大喊大叫，因为我们不尊重参观目的，扰乱了他带领的那帮游客的路线。旁边有一群以色列年轻人，在导游的带领下参观。他们都穿着蓝白相间的衣服，很多游客来这里都会穿着本国国旗的颜色。这帮以色列年轻人当中的大多数人都穿着一件标有"EL AL"（以色列航空）字样的夹克。

有的父母是带着孩子一起来的，有的孩子还很小。一位父亲抱着他孩子的玩具娃娃，孩子睁大眼睛盯着"展览区"的展品。我实在看不下去带这么小的孩子来参观，便问马辛："这些孩子究竟为什么来这里？"马辛说，哥穆尔卡[15]执政期间，参观奥斯维辛集中营对学校的孩子来说是强制性

---

[15] 瓦迪斯瓦夫·哥穆尔卡（Władysław Gomułka），波兰共产主义政治家，是战后波兰的实际领导人。"波兰十月"事件之后，哥穆尔卡于1956—1970年再次成为领导人。

任务。他自己11岁时第一次参观奥斯维辛集中营，三个晚上都睡不着觉。

这些跟我无关。在自助餐馆喝咖啡时，我决定直接去三公里外的比克瑙。

我申请在档案馆里搜索您的名字，还有我外祖父、莉迪娅和她父母的名字——罗莎和大卫。不过我没抱什么希望。罗莎和莉迪娅肯定一到这里就被毒死了——一个小女孩和她的母亲正好是纳粹主义要杀害的对象，她们甚至没有进入劳工队的花名册。至于大卫、您，还有我的外祖父，能找到名字的机会也很渺茫。1945年1月党卫军在混乱中离开，烧毁了比克瑙的火葬场，而在此之前的1944年10月31日，也就是你们被转移到贝尔森的第二天，他们就已经烧毁了那里95%的档案。

这里有太多愚蠢的解释，太多的图像，让人感到压抑。我觉得这里的噪音让人无法忍受：活人的身影就像游客一样散落在整个集中营遗址，盖住了50年前的影子，让我几乎看不到以前的人。我离开时，注意到马路另一边的建筑，一样的风格，一样的颜色，就在雪松树篱后面。那是看守营地的党卫军住所和营房。他们住过的房子依然伫立在此。路的拐角处有一家著名商店，当时开业还造成了强烈反响。这家店甚至算不上超市，只是偏僻小镇一个角落里的小店而已。

道路两边的建筑物用这种邪恶的方式排列在一起，看起来都一样丑陋。对我来说，这些建筑比博物馆里沉重的宣传教育更令人深思。只有一张大照片触动了我，而且理由也站得住脚。锻铁门上挂着那块著名的铁牌子"劳动带来自由"（Arbeit macht frei），铁门右边的小广场上有一座小建筑。

莉迪娅（前排中间）和她的父母（右数第二、第三位）一起在比利时

那里肯定是个哨所，哨所的墙上挂着一张照片的放大部分，是一名党卫军成员在1940年或1941年拍摄的。照片上是在同一地点演奏的男子管弦乐团。他们中大概有十个人，穿着几乎正常的衣服，坐在类似花园椅的东西上，指挥家坐在白色木箱上，还有几个小提琴手、长笛手和一个手风琴手。他们前面的空地上，大批囚犯正在站着聆听。

布札希尼，1997年5月2日

这是我第一次亲身来到布札希尼。您在这里的过往，我一直无法理解。您又回到了这里，在我看来，您一直没有真正地从这个地方被解救出去。在这趟不可思议但至关重要的旅程当中，布札希尼是逃不了的一站。

关于比克瑙，人们能说些什么呢？您不断做噩梦，在梦中回到这里，您能向谁倾诉呢？我怎样才能告诉别人，我几乎不敢在远处的毒气室和火葬场遗迹后面走动？现在这里已经成了林间空地和灌木丛。50年过去，白桦树已经长大，草丛覆盖了灰烬和乱葬岗，可是您最后一次看到这些地方时，它们压根不是露天博物馆，而是别的东西。

风吹过整座集中营；300个营房，160公顷，还有人们的身影，但最重要的是，吹过那无法描述的一切。数十亿秒，是这里的殉难者一秒一秒熬过去的。

我必须找到一些地标。"这是她们通往演奏场地的路，这里肯定是她们的牢房区，这是那个给伊薇特上低音提琴课的男囚必须走的路。"我一直努力不让自己迷失在我脑海中重复无数次的画面中。根据维奥莉特为我画的地图，我能够找到与您有关的主要场所。海伦娜还在一张更正式的地图上向我展示了您以前走过的路线，就是博物馆许多书店里都有的那种地图。

我很惊讶，又很害怕，因为俗话说，"年过半百哭哭啼啼不像话"。我用一种导游般迂腐的方式向马辛解释这栋建筑那栋建筑的功能。我开始祈祷，好掩饰沉默的气氛。不过我相信，任何人都可以用自己选择的任何方式来探索比克瑙：这样学不到任何东西，比克瑙也不会开口讲述，有的只是回响。无论对您，还是对其他人来说，苦难都不是肉体上的。苦难没有从集中营的地板上扫走，没有刻在依然伫立的石头上，也没有刻在正在翻修的墙壁上，就像劳工队的尸体停放在塑料布下，集中营的工作却照常进行一样。不断吹来的风，似乎只是扬起淡黄色的尘土，没有带着疯狂、苦难的臭味，那种您认为自己永远也摆脱不了的臭味。

唯一的回响只是我自己的想法、自己的幻觉，还有您在乐团的朋友托付给我的那些往事。您在我的回忆里才活得最鲜明。那些我以前研究过的地图、看过的照片、读过的各种书籍都算不了什么；我在这里感受到的巨大回响，才是最重要的。就这样，我沉浸在这个地方，并没有悟出来更多的东西。我承认，对您承受的一切，我依然只能理解一小部分。

要对那些成千上万来过这里，已经回来的，还有那些没有回来的人，对这所有的人产生怜悯、尊重和遗憾之情，是多么困难啊！能做的，只是像我一样，让手在腐朽的床板上或者教堂塔楼墙壁那斑驳褪色的图片上划过，只能快速抚摸一下砖头砌的炉子而已，您曾在那里烤过面包，天冷了，您在那里烤火，和乐团其他成员聊天。是的，我就在您住过的牢房，或者说牢房的遗迹中。这里只有一圈长方形的砖头，当成隔断和木墙的地基，屋子里有两个炉子的残骸，现在周围长满了蒲公英和银莲花。我感到意外和震撼：毕竟跟世界上其他地方的植物相比，这里的植物没有更丑，颜色也并无不同。

但您在这里经历的一切却无法真正留下来。我走了五个小时，走遍了整个营地，A营、B营、吉卜赛营、家庭营、男囚营、火葬场的废墟和扭曲的金属、灰烬蔓延的田野，但您在这里的过往对我来说仍然不可触及。我不会天真地以为，您的过往就像阿拉丁神灯的精灵那样，就锁在拉格大道的石头里，或者那些摇摇欲坠的砖头里，在等着我到来。我到这里之后，并没有这种神秘感。比克瑙对我来说仍然难以想象，您在这里经历的一切仍然无法理解。

为什么我写到这里的时候眼睛模糊了？为什么自从去了"那里"之后，我不再觉得自己是原来那个自己？

克拉科夫，1997年5月

结束惴惴不安的奥斯维辛之行后，我拜访了海伦娜两次，得知佐菲亚同意和我见面，也许海伦娜把我的事情告诉了她，所以她能安心和我见面。

她用略带狡黠的语气告诉我的第一件事就是，别人总是劝她不要跟没有经历过那段往事的人谈论这个话题。她看到我的笑容时，立即认出了您。经历了比克瑙的折磨之后，这种感觉相当令人温暖。

佐菲亚也长得瘦瘦小小，看起来非常虚弱，疾病缠身的样子。不过她低沉的声音坚定而沉着，主导这次访谈的显然是她，而不是我。惊讶之余，我让她继续谈下去。在我会见过的所有乐团成员中，佐菲亚是唯一为采访准备笔记的人。有几次，她给我读了为各种杂志所写的文章节选，包括为奥斯维辛博物馆写的一篇文章。她以您的名义，为我朗读了充满温情和敬意的特别选段，那些对您的故事有重要意义的地方，她用手势着重强调，海伦娜也点头同意。

显然，这两个女人之间有着同样不可分割的联系，就像您、伊莲娜和芬妮之间一样。佐菲亚也同意：她回家之后遇到问题，会向集中营的朋友寻求解决办法、帮助或安慰，而不是向家人求助。她谈到这些年来她所背负的重担，但也告诉我她如何想方设法把苦难抛诸脑后。被解救之后，她有十多年都不能听音乐。她会强迫自己去参加音乐会，但一回到家就会生病。不过时间最终治愈了伤口，只是用了很长很长一段时间。

海伦娜更强壮一些，她给我们泡了一点茶。佐菲亚亲切地叫着她的小名赫兰卡（Helenka），问她能不能多加一点糖和水。两人之间似乎并不存在谁服侍谁的关系，虽然生病的佐菲亚在身体上依赖海伦娜，但这也没什么奇怪。随着访谈的进行，佐菲亚变得越来越开朗，也没那么拘束了。一开始，她回答我的问题时，会庄重地叫一声"先生"（Pana），然后停顿一下。后来，她觉得可以叫我"让"，对她来说，让-雅克可能太难发音。或者，也许这是她即兴创作的另一个迷人的昵称。

10 波兰舞曲

比克瑙，1943 年 5 月

  刚被关进奥斯维辛的政治犯佐菲亚无法接受眼前的一切。尽管负责跑腿的囚犯在隔离牢房宣布让佐菲亚加入管弦乐团，后来演奏者之一的玛丽尔卡（Marylka）也宣布了，但佐菲亚拒绝服从。不过，牢房的一位狱友说，她是拉小提琴的，无论是否愿意，都得演奏。柴科夫斯卡知道了佐菲亚这个人，也知道了她不愿意加入管弦乐团，于是把她喊到面前，狠狠地给了她一巴掌。"我打你是因为你不想加入任何正常人宁愿右眼瞎了也想加入的乐团！你现在试着拉一曲，让我看看你的水平。"柴科夫斯卡递给佐菲亚一张乐谱，佐菲亚拉得很不好。从道义上来说，佐菲亚觉得自己不能按照正常水平来演奏，但柴科夫斯卡并不傻。只有非常出色的音乐家，或者至少琴艺比佐菲亚高超，才能故意弹错音符。

  佐菲亚的不情不愿又让她挨了一巴掌，几乎被迫加入乐团。柴科夫斯卡打佐菲亚耳光的同时又拉了一些家常，好像是为了佐菲亚好一样。她说自己为了乐团成员，特别是年纪小的女孩想尽了一切办法，为的就是让她们加入乐团，给她们多一个活下去的机会，让佐菲亚好歹别糟蹋她这番苦心。

不久之后，佐菲亚就勇敢地跑去找霍斯勒，请对方把自己调到"正常"的劳工队，调到一个没有特权，但也不需要每天早上为纳粹演奏的劳工队。更重要的是，不用眼睁睁看着疲惫不堪、疾病缠身的狱友，像被榨干生命最后一点气息，然后像工业垃圾一样回收的待宰羔羊，每天出工收工，从眼前走过。

佐菲亚不像其他乐团成员，做不到在音乐的想象世界里避难，也没有被无法抗拒的生存欲望折磨。她对自己身处的这个癫狂地狱始终有清醒的认识，尽管她现在在乐团担任小提琴手，但她受到的折磨却有增无减。党卫军告诉她，她唯一可能的选择就是转到纪律严明的劳工队，并保证会在三周内死亡。尽管佐菲亚对乐团抱有偏见，也从此患上终生不治的抑郁症，但她还是加入了乐团。50年后，佐菲亚依然无法真正原谅自己。她和另外两个波兰人维莎和伊雷娜坐在一起，除了克罗纳夫人之外，这两人是乐团年纪最大的女性。从9月开始，她还和维奥莉特坐在一起。后来小伊莲娜和小朱莉加入，接替柴科夫斯卡的阿尔玛组建了第四小提琴组，佐菲亚则与两位讲法语的女孩一起加入这个组。

尽管佐菲亚情绪低落，但她很快就和维莎还有玛丽尔卡（几乎与她同时关进集中营）交了朋友，后来又认识了早些时候，也就是11月初被关进集中营的海伦娜。刚关进比克瑙集中营的创伤过去之后，她们四个人就组成了像家庭一样紧密的团队，互相支持，还帮助乐团其他成员。在这个士气低落的地方——母亲会吃掉孩子的口粮，人会偷取最基本的生存物资，比如饭盒、勺子或鞋子，囚犯可以通过团结活下去。

11

天鹅将死

内策尔塞雷尼，1997年5月

不知是因为其他原因，还是我乐在其中，每拜访一位乐团成员，我就会把其他人的最新情况告诉她。这种做法有点像恢复休眠的网络，我知道，她们中一些人已经50多年没有见面或说过话了。所以，我给希尔德录制了一段BBC制作的关于安妮塔的电影。

现在我明白为什么自己乐意做这个传话人，我不仅仅是为了让她们帮我完成这本书而出力，最重要的是，这个几十年前组建的团体，成员已经分散到世界各地，这样做能让我自己融入其中，成为乐团一分子，派上用场。感谢佐菲亚、海伦娜和维奥莉特，我现在对希尔德不愿告诉我的事情有了更多了解。

希尔德在这群"半傻"的女孩中有特殊地位，正如西尔维亚称呼的那样。希尔德真诚，对其他女孩的关心到了无以复加的程度，她就像一位守护者，甚至就像道德良知的化身。她关心乐团里年纪最小的女孩伊薇特和西尔维亚，安抚她们，用友善的语言支持和鼓励她们，如果对方有需要，她还会付出更多。西尔维亚还记得，自己的斑疹伤寒好了之后，从营区病房回来，她简直饿坏了，希尔德就把自己的食物让给她，让她恢复体力。希尔德也像您一样，努力化解语言不通导致的任何误解，还赢得所有人的尊重，包括波兰人，至少赢得了那些心胸不是特别狭隘的人的尊重。佐菲亚仍然深深地记得，希尔德如何用巧妙的方式把写给佐菲亚家人的信件翻译成德语，让收信人能够读懂字里行间的意思。而她所做的这一切是免费的，甚至没有按照集中营的一贯传统，要求对方用面包作为回报。她做事的方式不像您，因为她无法忍受冲突。她对我说："我知道，如果我不竭尽全力帮助别人，那我就没有什么能做的了……"

希尔德给我讲了很多她在比克瑙之前的生活。她还给我讲了在特别恶劣的环境下，在犹太复国主义组织中度过的那段时间。那是20世纪30年代的德国，希尔德磨炼出了超越同伴的生存能力。乐团当中，跟阿尔玛交流较多的女孩没几个，希尔德就是其中之一。她们谈论音乐、绘画和文学，也谈论未来。阿尔玛温和地嘲笑希尔德对巴勒斯坦安乐境界的理想,在得知希尔德打算战后跟乐团其他成员一起组建乐团后,还鼓励她担任乐团指挥。不过,当时的希尔德思想独立,生活不会受阿尔玛观点和意见的严重影响。但话说回来,希尔德还是很喜欢和钦佩阿尔玛,搬到以色列后,她一直在阅读有关古斯塔夫·马勒的各种资料,这样能更好地了解阿尔玛。

* * *

希尔德的文件中还保留了阿尔玛的最后一首诗,是阿尔玛去世前不久写的。就像乐团其他成员一样,她对阿尔玛的去世有自己的感受。每每谈到此事,她总是触动很深。至于我自己,每当提到阿尔玛的死,我都觉得整个事件在很多方面都不仁不义,也充满了神秘。我发现,阿尔玛的死带来的触动与我对您的感受类似,同样会因为痛苦和无助而感到喉咙哽咽、拳头紧握、牙冠疼痛。

比克瑙,1944 年 3—4 月

阿尔玛的状态不太好。几个星期以来,她一直抱怨偏头痛痛得厉害，有时还不得不让法尼亚为她按摩颈部和头部，好缓解一下头痛，不过没什么效果。她老是唉声叹气，以前乐团成员从未见过她这样，所以很是惊讶。阿尔玛垂头丧气，情绪低落；有次音乐会，玛格特甚至看到她靠在地堡的墙上，脸色苍白。尽管如此，她对自己和乐团仍然要求严格，而且每个人都开始习惯她的哀伤、深思和沉默。

3月，她决定把自己写的一首奇怪的诗谱成曲。这首曲子是对舒曼的钢琴研究，也是多年后法国歌手赛日·甘斯布（Serge Gainsbourg）在他的歌曲《一小片柠檬》（*Un zeste de citron*）中使用的那首。

那歌曲在我心中荡漾

那首美丽的歌

唤醒了我灵魂的记忆

我的心本来静如止水

如今甜蜜的声音再次响起

唤醒我内心的一切

生命遥远，这般遥远

月月年年，我心静如止水

然而此刻，我的身边

我所有的幸福和欲望

我最深的渴望和无尽的恐惧

都活了过来

我只想让我的心安静下来

我只渴望安静

我不想再去想

那美丽的歌声[16]

阿尔玛的诗，希尔德手写

In mir klingt ein Lied
ein schönes Lied
und durch die Seele mir Erinnern zieht
mein Herz war still
nun erklingen wieder zarte Töne
ruft in mir alles auf. —
Leben war fern
und Wünsche fremd
mein Herz wie ruhig warst Du lange Zeit
doch nun kam nah
all mein Glück und mein Verlangen
tiefstes Sehnen schlaflos Bangen. —
Alles, alles lebt jetzt wieder auf
Ich will doch nur
Frieden für mein Herz
Ruhe will ich nur
nicht denken
an ein schönes Lied.

---

[16] 译自德语原诗。

音乐家提出这样的要求，愿意放弃聆听音乐来换取内心的宁静，实在令人惊讶。与此相反，安妮塔多年后坦言，自己会演奏协奏曲来振作精神。对于像阿尔玛这样无法为比克瑙折腰，但有时又想自我放逐的人来说，这是一种矛盾行为。

这首诗最初是为了配合肖邦的一首练习曲而写，但它从来没公开发表过。第三帝国时期，和平以及怀念过去的主题是禁忌，在比克瑙更是"严厉禁止"（strengst verboten）。

4月2日，阿尔玛受邀参加服装仓库囚监埃尔扎·施密特（Elza Schmidt）举办的生日会。阿尔玛没法拒绝，毕竟她是个有身份的人，需要对他人表示"社交上"的尊重。生日会结束后，阿尔玛回到牢房，身上痛得越来越厉害。当天晚上和第二天，她几乎烧到40度（104华氏度）。阿尔玛病得很厉害，不仅呕吐，还伴有阵发性的偏头痛，乐团的女孩不知道怎么办才好，于是夫营区病房请来医生。阿尔玛身上满是青灰色的斑点，体温也突然降了下去。阿尔玛清醒地谈论着头天晚上在生日会上发生的事情。虽然她是个不沾酒的人，但还是喝了一点伏特加或者类似的什么东西。毫无疑问，那是一种在集中营蒸馏出来的酒，但是被人动了手脚或者掺了什么东西。

阿尔玛被送到营区病房之后，接受了洗胃，但无济于事。医生怀疑是脑膜炎，对阿尔玛进行了腰部穿刺，来判断诊断是否正确。手术非常痛苦，阿尔玛在整个过程中完全失去知觉，但是她的头在抽搐，从一边抽搐到另一边，仿佛无论清醒与否，她都能感觉到疼痛一样。几个医生无法就诊断达成一致，讨论阿尔玛可能得了败血症。他们不知道怎么治疗败血症，于是开出治疗阿尔玛心脏衰竭的方子。

1944年4月4日夜里，阿尔玛的一位朋友在病床旁守着，营区病房的一位医生来到病房，阿尔玛的抽搐越来越频繁，越来越剧烈。最后，她平静下来，生命就这样结束了。阿尔玛曾经在比克瑙想方设法打开的那扇小小的和谐之窗，就这样关上了。

* * *

纳粹当局下令将阿尔玛的尸体摆放在由凳子制成的灵柩上，上面盖着白布，有人在她的尸体上放了一些树叶。纳粹允许乐团走在灵车前面，为她送行，这一幕在集中营历史上史无前例。这是纳粹对他们口中的"阿尔玛夫人"最后的尊重。阿尔玛也许是唯一一个不用数字称呼的囚犯，但她的尸体仍然被拉到火葬场焚烧了，就像来自布达佩斯、巴黎或塞萨洛尼基那些最不起眼的犹太女裁缝的尸体一样。对这位著名天才艺术家致以最后敬意之后，随之而来的是无尽的愤怒。毕竟，阿尔玛的尸体也是犹太人的尸体，而这里是比克瑙。

阿尔玛的死很快就引发各种相互矛盾、无法证实的谣言。她在集中营的地位和身份意味着她有不少敌人，伊薇特和莉莉肯定阿尔玛是被毒死的。据说，阿尔玛曾说自己很快就会离开比克瑙，加入前线某个管弦乐团，为军队演奏。心怀妒忌的埃尔扎·施密特（德国人称之为Pouf-Mama）一定是在生日会上给她下了毒。玛格特还想起阿尔玛去世前不久的另一件事，不过与囚监施密特那场著名的生日宴会无关。

女囚营的首席囚监是个可怕、粗俗和残暴的女人，据说她要求与乐队合唱一首维也纳歌曲，并打算用上十分俏皮的歌词。得知这位囚监的想法之后，阿尔玛停止演奏，让管弦乐团回了牢房。第二天阿尔玛就被纳粹传唤，过了几个小时，阿尔玛才回来，走得踉踉跄跄，然后被直接带到营区病房。虽然乐团大多数女孩都认为阿尔玛是死于脑膜炎或中毒，但这一次是因为喝了掺假的酒。

阿尔玛死得不明不白，又不让验尸，在集中营引起了震动。然而在比克瑙，死亡不算什么神秘的事，恰恰相反，死亡就是整个集中营的主要目标。人们被毒死，被绞死，被伪装成护士的刽子手用苯酚注射到心脏里，被折磨和殴打致死。他们死于斑疹伤寒、痢疾、筋疲力尽和其他无数种疾病。囚犯有时出于绝望，会一头撞向带电的铁丝网，也是因为他们想保留自己最后的控制权，何时去死、用什么方式去死，但他们不会因为不明不白或解释不清的原因去死。这一次，连擅长玩弄工业化和非人道死亡的纳粹也被人玩弄了。

阿尔玛死了之后，纳粹面临不得不解决的难题，那就是拿管弦乐团怎么办。比克瑙集中营的负责人克雷默不想就这样失去乐团的"服务"，于是迅速任命俄罗斯钢琴家索尼娅·维诺格拉多娃接替阿尔玛的位置。

* * *

希尔德和雷吉娜都曾和我聊起过"希望"，那就是内心有想要争取的东西，没有这种欲望就活不下去。希尔德语出惊人地说："要是没了活下去的欲望，我们所能做的就是背诵笃信上帝的祈祷词，为死者祈祷，然后一头撞向铁丝网。这是个艰难的决定，但它意味着能迅速结束长久以来的痛苦。"雷吉娜的表达方式跟希尔德不同，但听来一样令人心疼："我想过一头撞向铁丝网，但后来我看到了太阳，我就想活下去。"

您呢？您会怎么表达自己活下去的渴望？您会心里想着

什么活下去呢？是不是希望给还未出生的孩子带来生命，让这个孩子帮您战胜寒冷、饥饿和恐惧？我是否就像一个小小斑点，已经存在于您思想或身体的某个地方？

这三位乐团成员讲述的那段往事中，没有提到您，阿尔玛倒是无处不在，我为此感到非常困惑。在我看来，您的缺席说明了您的透明性和可有可无，我曾经非常清楚您的这种存在。于是，在我的研究和初稿中，我几乎用阿尔玛代替了您的位置。因为乐团成员几乎都说，自己的命是阿尔玛给的。我是如此认同您和您的一切，以至于把一切融入这个所谓的"管弦乐团"后，我让自己成了乐团的一部分，把阿尔玛当成象征养育和保护的母亲。我想象着，阿尔玛是你们所有人的母亲，自己与乐团融合在一起，这样就能"认同"阿尔玛，把她当成自己的母亲来爱。这样做还有一个好处，意味着我可以把您带离集中营，带离那段历史。然后，我终于能让您成为一位可以依赖、始终在我身边、始终令人敬佩的母亲，虽然她很脆弱，也有过激行为，但我还没有准备好放弃这个疯狂的想法。

12

西尔维亚

以色列雷霍沃特，1997年5月

　　希尔德和雷吉娜已经给我讲述了那段往事。现在该轮到西尔维亚了。她的身材小巧，性子活泼，风风火火。她语速很快，用词准确，言语间充满自信。她的声音铿锵有力，经常哈哈大笑。她幽默感十足，而且明显不喜欢自怨自艾。尽管她刚从医院出院，做完髋关节手术，也丝毫没有影响。我问，这是集中营留下的另一种后遗症吗？是癌症，还是另一种神经性疾病？西尔维亚回答说，不，只是个小小的关节问题。

　　西尔维亚50多岁时重拾学习，如今拥有科学博士学位。学习也许是另一种重新编织与过去的联系的方式——她的童年被毁、学业中断，四分之三的青春期被埋葬。

*　*　*

西尔维亚向我讲述了1987年夏天她在德国感受到的愤怒。当时她应柏林邀请，和其他战前在柏林出生的以色列人一起，参加了一所犹太社区学校的落成典礼。出席典礼的有市政府代表以及柏林犹太社区的成员。每个人都兴高采烈、兴致勃勃。学校的落成典礼具有非同寻常的意义，让人感到幸福和自豪。但西尔维亚可没那个耐心，她在典礼上把所有想说的话都憋了回去，又气又恼，这里早就该建学校了，为何迟迟到今天才建成。以前这里有一所犹太小学，但50年前所有犹太儿童和机构都被关闭，所有犹太儿童都被驱逐出境，西尔维亚自己也被赶到街头，靠着一连串"奇迹"才活下来。希尔德和丈夫也参加了这个落成典礼。他们记得很清楚，西尔维亚当时差点发火，强忍着才没让典礼闹笑话。

*　*　*

我们的谈话经常被一只鹦鹉打断。它高声歌唱，模仿电话铃声，把每个人都叫作白痴，还对陪伴我们的哈巴狗尖叫。有一次，我甚至认为它唱出了斯美塔那《莫尔道河》的开头部分，要不就是灵感来自这首歌的以色列国歌《希望》（*Hatikva*）。总而言之，它的表现就是一只调皮的鸟，西尔维亚时不时逗它几句、骂它几句，对它制造的氛围感到满意。

自那一切之后，已经过去很久，从西尔维亚的言谈举止就能看得出来，她说话的口气经常冷冷的，就像在谈论别人的故事一样。我意识到，自己感到不安并不是因为她告诉我的事情，也不是因为她的讲话方式。不是因为那些，而是因为我仍然不知道自己在那段故事中的位置，该如何在那段故事中定位自己。我不仅仅是观察者和叙述者，虽然西尔维亚不记得您了，但您仍然在某处，就在她讲述的那段故事的边缘。我也不可能真正完全融入那段往事，因为我从来没有真正经历过……

德绍，1933年1月30日

希特勒成为德国总理的那一天，西尔维亚·瓦根伯格年仅六岁。她对纳粹主义的第一次认知也发生在同一天。当时，一位激进的纳粹支持者在离她家不远的地方开了一家餐具厂，那人用自己的方式庆祝希特勒上台：穿上棕色制服，戴上红色万字符臂章，把帽子整了整，就像当兵的那样。希特勒那个邪恶组织的所有拥护者很快就会把欧洲拖入深渊。那人走近西尔维亚的母亲,说道:"如果我抓到你女儿,我会割断她的喉咙……"西尔维亚吓坏了,毕竟那人有几把巨大的弯刀,好几台切肉机,还有各种形状和大小的剪刀,他最不缺工具来割断人的喉咙……而西尔维亚只有一个小小的脖子。

从那时起,这个小女孩就一直避免从这个纳粹的商店门前路过。后来有一天,那人终于动了手。他用一只手紧紧抱住她,并以保卫德国人民军的名义,割断了西尔维亚救下的小猫的喉咙,她却无法反抗。

* * *

为了让西尔维亚和她的妹妹卡拉远离这座城市,母亲把她俩送到波茨坦附近一所为年轻的中产阶级犹太女孩设立的寄宿学校。两个女孩一直待在那里,从不惹事,在一定程度上得到了保护,直到1938年11月水晶之夜,愤怒的人群毁掉了寄宿学校的一切。据说那帮野蛮人打着"文化"(Kultur)和欧洲价值观的名号干出各种行径,甚至把钢琴扔到了院子里。

那天晚上,寄宿学校的女孩都被赶去柏林,最小的坐火车，其他人走着去。西尔维亚和她的妹妹到了那里，看到的是惨象四处蔓延，柏林的犹太人区已经陷入火海。她们家位于市中心，就在库达姆大道一角，拐角的商店正燃着熊熊大火。在生命这一刻，西尔维亚就像一只麻雀，又小又弱，是纳粹憎恨的典型代表。她的脸庞瘦小，有一双又大又明亮的黑眼睛，还有长长的黑发。有一天，她和母亲一起散步，不小心与一个穿着纳粹制服的人擦肩而过。那人认定这个孩子故意"感染"了他，恼羞成怒地说："犹太人怎么敢碰我！"然后开始骂骂咧咧。

几个月后，她的母亲把西尔维亚安置在柏林亚历山大广场的一家孤儿院，然后打算动身离开德国去英国，但是不准备带上卡拉和西尔维亚，而是把她们一个留在犹太复国主义青年营，一个留在孤儿院，让女院长照看。当时姐妹俩都有自己的朋友，感情之深甚至超过姐妹之情。正是这一时期，卡拉认识了希尔德。西尔维亚每天要走一段长长的路去学校，路上总会受到身穿希特勒青年团制服的孩子骚扰。不过西尔维亚会躲在路边的房子里，免得被欺负。

* * *

1942年，孤儿院和犹太中学被关闭，孩子们都被驱逐到里加。最初他们被关在犹太区，但不久后在伦布拉森林中被屠杀。西尔维亚是唯一留在柏林的人，因为在得知即将到来的围捕后，女院长及时让她离开了寄宿学校。后来，西尔维亚跟这位女院长又生活了近一年，帮忙把犹太社会机构寄来的特殊信件送往各个犹太家庭，宣布他们将被"运送"到东方。

在跟女院长生活的这一年里，西尔维亚周围全是老人、柏林的犹太社区成员，看管她的人，还有每天在工作过程中接触的人。她很快得知，有两个车队将离开这个城市。一个车队押送的是社区"有影响力"的成员，目的地是捷克斯洛伐克的特莱西恩施塔特。另一个车队押送的是德国纳粹从德国各地抓捕的年轻人，目的地是一个叫奥斯维辛的地方。

西尔维亚受够了这些老人，打算跟着押送同龄人的车队离开。要想离开此地，必须偷偷摸摸，女院长说她会假装阻止西尔维亚离开，然后把她带到另一个碰面的地方。西尔维亚笑着告诉我，她是主动来比克瑙的，这是她自己选择的结果。

几周后，西尔维亚在比克瑙因软骨病入院。她听到一个轻轻的声音在叫她："西尔维亚！"是那位女院长，她刚从特莱西恩施塔特转运到比克瑙。可是，一轮"筛选"之后，女院长很快被送进了毒气室。

后记

巴黎，1997 年 8 月

我拆解了一台巨大、复杂、想象中的机器。我这样做是为了避免在自己感情的迷宫中或者在别人记忆的迷宫中寻找您。这本书就是这台机器，就是我一直以来幻想着让您离开比克瑙，或者给您安魂的方式。写这本书，至少不需要考虑历史一致性，也不用考虑按照时间顺序来讲述。

这本书让我想到将来自己当父亲会是什么样子。如果我有孩子，作为您和您孙子中间的那一代，我将不得不谈起您。可是如果我不想谈起您，我的亲生母亲，我会说些什么呢？

自从我开始登台演奏以来，这本书可能影响了我与音乐的关系。毕竟，您曾经不也是个音乐家吗？所以我也必须参加试演，取代您并拯救您的生命。这本书最终让我看清了，和您面对面时，我究竟该用什么样的身份。您成了一个项目，而我则成为研究者和调查者。这样意味着我能够保护自己，不受情感风暴的影响，那是在您的乐团朋友说起您在地狱深处的生活和状况之后，我内心刮起的风暴。

在这一年里，我通过写这本书来想象您过往的生活，逐渐取代您的位置，成为乐团的匿名成员，从旁观者的角度观察您。我始终告诉自己，我再也不想，也不需要回到比克瑙来寻找我自己的身份。

但实际上，回不回比克瑙都不重要。我已经彻底迷失，您和我都是。我怎么会陷入这样糟糕的状态？还有，我怎样才能让自己摆脱它？

* * *

我最后想通了。这个故事、这次冒险的真正核心既不是乐团，也不是阿尔玛，而是我们两个人。最后，为了能平静接受您的消失，把自己从您被驱逐出境，还有您不肯说出口的痛苦中解脱出来，我需要找到您。虽然乐团成员向我讲述她们的故事时，我在脑海里穿越到了比克瑙，而我亲自去那里，是为了验证您已经不在那里，我的起源不在比克瑙，任何人的起源都不可能在比克瑙。我不在那个地方出生，那里根本没有我的一分一毫。我不用故意把自己关在那里，来弥补某种您和我都不曾犯过的错误。

说来也怪，我突然发现，在寻找乐团成员讲述的往事时，我走的是和您一样的路线，我先后去了比利时、德国、波兰、法国和美国，您的生命在美国结束，我在那里找到了我的妹妹。我还去了以色列，有人说您死后要把您的遗体运到以色列。

我已经紧紧抓住您不放很久很久，想要放开您再自然不过。我知道，我一直误解了您的意义和价值，误解了您用尽力气想要重新建立的生活，还有您幻想着成为浪漫的小女孩，那个小女孩跟困难作斗争，甚至也跟我们对着干。

多年来，我一直为了某件事而深受困扰，那就是我究竟是谁，比克瑙究竟是不是我出生的地方。我现在才看到这场内心斗争的意义，而且令人惊讶的是，我不再虚无缥缈地活着，而是双腿落地，踏踏实实地站着，好好地活着。您的肉身虽然被解救，您的灵魂却依然困在比克瑙，我要打破这重枷锁，让您在22岁生日之后第二天就获得重生。那段令人愤恨的往事几乎变成了我们，变成了我生活的基点：您困在那段往事里，困在比克瑙集中营的囚笼里。我就是想着这一点，对您的生与死耿耿于怀，可能也因此对我自己的生与死耿耿于怀。

您活着的那些年，应该更努力地争取，告诉我您为什么选择这样的生活方式。您不想按照他人期待的方式活着，您想做原来的自己，您不想永远做个幸存者，不想永远成为别人口中的谈资，所以您不得不挣扎，不得不忍受痛苦，我现在终于理解了这种挣扎和痛苦。

我把您那段往事放进历史的框架中，说明我最终相信，您的灵魂没有留在比克瑙，您只是去过那里。比克瑙在您的肉身和心灵都刻下伤痕，但它既没有毁灭您，也没有改变您。至于以后会不会有孩子，门格尔预言说您自己都活不了太久。但对我来说，您不再是那个命运被纳粹肮脏的预言决定的可怜虫了。您是纳粹主义旨在消灭的一切：一个女人，一个犹太人，而且您后来还当了母亲。您的存在让纳粹感到恼火，尽管您去世太早，但我对您的胜利表示敬佩和尊重，也对您表示感谢。

如今，在这趟名为"寻找您"的旅程中，我内心很清楚，自己不由自主地想象您在那个地方的生活。我追随您的脚步，在写作过程中从您的角度看待问题，所有这些都是为了让我自己也能从比克瑠逃出来。我终于明白，这样做有可能实现，有意义，甚至至关重要。您是一个女人，一个已经不在这个世上的女人，但我还是找到了您，接受了内心深处的您，尽管我一直不想承认。我的内心除了别的东西，还有一个女人和这个女人的死，我必须学会接受这个事实。您可以安息了，而我终于能通过自己的文字，听您和我讲述那段往事。

巴黎，1948 年 9 月 6 日晚

啊，就是今天了。你终于来了，我的小家伙。

今晚，一切都在我的脑海里打转，但我也感觉自己的头脑从未如此清晰过。把你生下来并不容易，不过每一次阵痛，还有那把切开我肚皮的手术刀，都让我离你更近，我知道，生孩子的疼痛也是生命的疼痛，当我第一次紧紧抱着你的时候，这些痛很快就消失了。也许你的出生意味着我完全从地狱中逃出来，来到一个更加正常的世界，一个能再次找到归属感的世界。

你出生之前，我仍然活得有点像个不谙世事的人，一个跟时代格格不入的人，一个举止怪异的人，甚至活得像个怪物：

我好累，好疲惫，尽管我只有25岁，可我却疲倦得像活了几千年一样。两年来，我每分每秒都像在朝着死亡狂奔而去，直到现在我才意识到，我花了多长时间才摆脱这样的感觉，那段往事让我跟正常活着的人格格不入，对他们而言，现在、过去和未来都有一定的意义和方向。

* * *

我从那个地方回来并不容易，而且我过去经常产生这样的幻觉——现在有时也会产生这样的幻觉。我一遍又一遍从那个地方回来，带着我的碗、我的勺子、我的条纹囚服和我背上的帆布包。回到现实世界，回到铁丝网之外的生活，对我的身体产生了巨大的冲击——我产生了一种错觉，认为只需要一些时间和家人的照顾，就能重新融入更温柔的生活和更明媚的现实世界中。

我的一家人散落在天涯海角。我仍然称之为母亲的那个人在法国某处，我的兄弟们藏在比利时某处。我的外祖父母，我有幸活下来的叔叔婶婶，全部在英国、巴勒斯坦、突尼斯或其他什么地方流浪。纳粹的浩劫没有降临之前，我的家就已经四分五裂，"未来"这个词也没有意义可言。我的内心深深受伤，浩劫的龙卷风过后，我认识的人和住过的地方，都变了样。残垣瓦砾，一切在我不明不白的时候拼凑到一起。这种幸福不能给人带来安宁，只是一种东拼西凑的幸福罢了。

我找到了我的兄弟，我不在的这段时间里他们已经长大成人。我也找到了抛弃了我们七年的母亲，她有了新丈夫，还给我们生了一个妹妹。我们之间有种默契，就是不再谈论那个在波兰失踪的男人，即你的外祖父。我们甚至从来不说自己是否想念他，如果说了，那一家人和和美美的假象就会破灭。我童年生活的地方都被扫荡一空，至少在物理意义上，被炸弹和炮弹扫荡一空。对我来说，德国堕入泥潭之后，我曾当成祖国的那个德国已经死了。

更糟糕的是，周围的人在谈起某些事情时老是压低声音，他们仍然把我当成病人或者无依无助的人对待。每个人都小心翼翼，不提任何问题，他们这种装出来的谨慎和殷勤沉重地压在我身上，伤害了我，让我更加没法往前走。实际上，我听到音乐，死亡之舞就会在我的脑海中旋转，听到《蓝色多瑙河》，就会想起狼狗的吠叫声，听到《里戈莱托》（*Rigoletto*），就会想到坡道上的筛选，听到《卡门》，就会想起毒气室……

我必须重新学着适应日常生活中的动作——洗漱、穿衣、化妆、购物、做饭，但我并没有用心去感受这一切。过了一段时间，这些日常动作渐渐变得更加真实，而我终于可以从深渊中爬起来，浮到面上，尽管我的负担比其他人要重一点。

* * *

这也是我把小提琴藏在柜子后面的原因，因为它让我想起的是我再也不想看到的画面；一排又一排囚犯，一遍又一遍的曲子，我的朋友和姐妹，在当天或前一天死去，她们的尸体像垃圾一样堆在一起，而杀害她们的刽子手，那些走狗，既是有教养的音乐爱好者，又是利索地把苦难压到我们身上的恶魔……

我知道，把一块木头埋在一些衣服下面，就像某种形式的驱魔，但不能神奇地帮我赶走我看到的这些怪异现象。我并不像别人以为的那样天真。

毕竟发生了那么多事情，我内心深深断定，自己可能永远不会再拉小提琴了。以前，小提琴总是代表着美好与和平，可现在，它再也不能代表快乐、幸福或喜悦。我怎么能在听到《霍夫曼的故事》（*The Tales of Hoffman*）中的《巴卡洛尔》（*Barcarolle*）或《蝴蝶夫人》时，不想到我的狱友在看着我们？她们有的带着愤怒、蔑视或怜悯，有的眼里含着泪水，都像死人一样沉默不语，就像我们在一个星期天的音乐会上，被堆在铁丝网后面的那些尸体一样。

我用一具空壳来保护自己，让自己活下去，不要发疯，可我不希望这具空壳那样紧紧地抓住我。我并非麻木不仁——没人想要麻木不仁，我只是很紧张，不得不以淡漠的方式来使自己变得坚强，要做到这点仍然很痛苦。要想拯救自己，就意味着切断自己与外界的联系，也就是我们过去在那个地方所说的"现实世界"。我脑海中是挥之不去的乱葬岗，死亡的味道可以渗进一切；这种情绪会蔓延，所以让人感到害怕，不敢靠近。我现在还没有克服这种情绪。最让我沮丧和痛苦的是，这种情绪还会渗透到你身上，把你从我身边带走。

不过，我感觉一切终于开始愈合。你红红的、皱皱的脸蛋，你那橘红色的头发，你圆圆的蓝眼睛，还有你14英寸（35.56厘米）长的小身体，需要我去爱，去照顾，这些会把我带出死人之屋，走向现实生活的开阔地，只要我能给你足够的力量，把我拉到你的身边。

* * *

第一个晚上，你安静地睡在摇篮里，离我只有几步之遥。这是你第一次睡觉，小拳头微微握着，额头微微皱起。你为什么感到烦恼，我的宝贝儿子？在我等待你出生的时候，你是否和我一样不踏实和焦虑？你有没有用一根小天线指着我？你有没有看到那些恐怖景象从我脑海闪过？尽管当我看着你的时候，这些景象已经有些模糊和扭曲。现在的你，还不可能真正明白你对我的意义，你代表的未来，还有你所象征的补偿。

我想，要成为把我拉向正常生活的人和象征，对你来说并不容易。我会尽我所能，不会完全把你当成安全港湾，当成我平静生活的救命稻草。我知道这样会成为你的负担，我们无法逃避，但我会竭尽所能，为了你而承受这一切，尽管你可能不得不帮我一把，我才能做到。我无辜的孩子，生下来就有这样的负担！你不像许许多多老是需要黏着母亲的新生儿，你始终安安静静，沉默不语。你在出生的第一天就睡得这样宁静，不吵不闹，你是不是已经找到第一种保护我、让我拥有安宁的办法？你是不是已经感觉到我在担心，担心自己可能不配当母亲，当不好你的母亲？

我经常能听到关于战争的种种谈论，有些是关于我被卷入的那场战争，还有一些是关于未来可能发生的战争。我像所有人一样，希望我们的苦难，我们过去遭受的痛苦至少能让世人有所反思。人要是在军乐声中齐步往前走，要是以掠夺老人和儿童为乐，会有什么样的危险。

事实上，我们回国的几个月后，奥斯维辛和贝尔森就从报纸的头版头条消失，我们每天经历的那些令人震惊的事情也淡去，一切又回到以前的样子，就像第一次世界大战后一样。全世界都在继续杀戮、焚烧和轰炸,所有行径都有冠冕堂皇的理由,甚至打着和平的旗号进行,野蛮人逼近,现在你也受到威胁,真是让我更加痛心。

我有时会看到人们在街上示威,有退伍军人,也有之前被驱逐出境的人。他们把军装缝补、清洗和熨烫之后,又穿上了这身衣服。有时候,这身衣服就像一种伪装,掩盖心灵的裂痕。对他们来说,穿上这身衣服又能增加一点分量。对我来说,光是看到衣服上的条纹,就会心生反感,唤起那些回忆,那些我宁愿永远不要想起的回忆。

我决定在这种时候,在未来看起来如此黑暗的时刻,生下一个孩子,是不是很自私,完全不计后果?有一阵子,你在我的身体里长大,我等待着你的到来,我很害怕。我害怕不知道如何保护你,害怕如果浩劫再来一次,我会无法奇迹般地活下来,害怕你也不得不面临这种恐惧和我以前经历过的所有恐惧。

这种恐惧可能就像我左臂上刺下的那串数字一样不可磨灭。那时我孤身一人,只有我的生命处于危险之中——我不过是数百万人中的一个。但对我来说,坚持不放弃已经是一种挣扎。当时我全靠依赖别人活下去,依赖那些帮助我的人,还有我想要帮助的人活下去。不像你,你现在几乎完全依赖我,你的存在为我自己增添了价值,但我不知道,你的存在能不能给我带来战斗力。我觉得自己没有战斗力，我只是个侥幸活下来的人。如果浩劫再次来临，如果野兽再次出现，我只求能再次扛过去，为了你，也为了你的父亲。

话说回来，无论未来发生什么，当我看着你，把你抱在怀里时，我就知道把你生下来是对的。我为我的决定感到骄傲，而且在怀着你的这段时间里，我几乎感觉自己已经平静下来，痛苦的念头也有所消退。

* * *

这就是我当年梦寐以求的幸福吗？就像人们在度假前收拾行李时的那种兴奋，还有知道自己不再孤身一人而产生的那种模糊的满足感？我是多么梦想着这一刻的到来。就在我回来三年多的时候，我克服所有困难，把你生下来。对我来说，这一切仍然是个深不可测的谜。我知道自己的运气好，我也知道还有很多人，那些无名无姓和一贫如洗的人，根本就没有这样的运气。我会尽我所能，努力工作，为你，也为我。你值得我这么做，我想我自己也值得。

我相信，遇见你父亲，生下你，是这么久以来我最幸运的事情。我以前几乎不敢奢望这些，因为奢望太痛苦了。我明白，一切要感谢你，我已经设法找到我内心的力量，不让自己再沉沦到那种状态。有一个夸我漂亮的丈夫，有一个夸我是好母亲的孩子，可能就是照进我梦想的亮光，让我能够克服每天都要面对的耻辱。

奇怪的是，在等待你的这段时间里，我经常想起童年，在战争之前，我从没想过有人会害我，我也不会去害别人。我想起自己还是个小女孩的时候，小小年纪，就有了超越年龄的成熟，没有父亲的爱，母亲也经常不在身边。那时候的欧洲，纳粹毒瘤每天都在增大，我们的日子过得枯燥乏味，因为经常搬家而苦恼，我的兄弟是我唯一的依靠，读书和音乐是我唯一的精神支柱。

为了不让你经历同样的事情，不让你的生活受到你特殊身份的影响，不让恐惧一直伴随你，不让噩梦困扰你，对我们所有人来说，包括活着的人和死去的人，这将是怎样一种令人快意的复仇。我希望你自由、坚强、为人风趣和善良——这些是我们不曾拥有的品质，而你有希望成长为这样的人！

我多么希望能够给你那种快乐和无忧无虑的感觉，用我多年来没有唱过的歌曲，还有那些天真的游戏，还有用我会讲的各种语言唱出来的童谣。遗憾的是，哪怕我会唱歌，甚至是为你唱歌，我也不敢肯定，自己的内心是否强大到可以歌唱。要是我们跟着童谣跳舞，我担心这样等于是在一座座坟墓上跳舞。

* * *

我的父亲,也就是你的外祖父再也没有回来。我最后一次见到父亲是纳粹来抓捕我们的时候,后来我母亲身边有了另一个男人,取代了我父亲的位置。你会让他活得更久,因为我想给你取他的名字,不过是通过隐蔽的方式,就作为中间名。虽然想到他让家里每个人都很痛苦,但这是我能为他做的最后一件事。我没有其他能为他做的,这点让我很痛苦。纳粹浩劫来临之前,母亲离开了我们,我很想更好地保护父亲。纳粹抓到我们的时候,我很想救父亲,甚至愿意用自己的生命来交换。当时我感觉自己走投无路,非常没用,我太害怕了,挡不住那些要带走我们的野蛮人。我太软弱,太愚蠢,无法想到新奇的办法来救他。我只能踏上跟他一样的命运,却没有陪他走到最后。

我现在是为了什么罪孽而赎罪?我正在接受的是什么审判?我是不是太坏了,所以没能逃脱他们的魔掌?更确切地说,我是否在为自己最大的罪过赎罪;那就是我宁愿和父亲待在一起,当我的母亲——啃噬父亲感情的人,离开我们的时候?

我完全想象得到,父亲最后死在某个地方,但我不想让你知道他这失败的一生，也不想让你知道他是被变态和不人道迫害致死的。我会尽我所能，不会让你发现我以前的经历，也不会让你发现，我现在为幼年和青少年时期的脆弱和错误所付出的代价。

我的小家伙，你不能对我脑海中掠过的死亡景象、萦绕在我脑海中的问题，还有折磨我的内疚做任何事情。它们就像酸液一样，是邪恶的结晶，这些东西里面没有什么美好值得分享。我希望你不会卷进来，只要我能做到，我就不会让你卷进来。

也许我自己守住这个秘密，会让我们之间无话可说，我们最终可能会为此付出沉重的代价。这种沉默就像铅一样，但比起回忆我离开现实世界的那两年时间，比起回忆那段往事对我的摧残，似乎会更奏效。我为什么要让你背负这些？我为什么要给别人造成负担？这是我的责任，我认为这样做对你最好，也是我作为母亲的选择。

可是，我虽然知道自己别无他法，但我很难过，沉默不语会在你我之间造成裂痕，造成一道不可逾越的障碍。可是我必须这样做。我生命中的那两年，还有我为了埋葬它所做的一切，将永远不会浸染你。

* * *

我从那个地方回来时,不知道你的外祖父失踪了,也不知道我们可爱的莉迪娅和她的父母也失踪了。当初浩劫留下的种种可怕后遗症逐渐显现,我开始怀疑自己是否有权利成为一名幸存者。我不得不振作起来,以免沉沦下去。我想,我从每个人的眼神中都看出了责备,每个问题,都在要求我解释为什么。

我从德国回来,在布鲁塞尔下火车,别人递给我的每一张照片,我在那里看到的每一张面孔,每一对父母、每一位兄弟、每一位丈夫,都在问我是否见过他们的亲人(我怎么能把这些老照片和我们这些如今的行尸走肉相比呢?),都像在对着我的脸指责,就像我也指责自己一样。为什么我回来了,而其他人还在等待,他们甚至都不再相信家人还活着,却还在等着奇迹发生?

尽管你的出生给我带来了巨大的幸福,但我内心仍然不宁静。那个地方的幻觉还会继续困扰我很长一段时间,特别是晚上。你父亲对以前的事情略知一二,他会被我的噩梦惊醒,日复一日,同样的噩梦。灯光昏暗的站台,火车头噗噗作响,我的父亲和小表妹迷失在我找不到的地方,迷失在一大群囚犯中；我的身旁有两个女孩,像狼一样争夺在锅底偶然发现的一块肥肉,而我被困在那里,无法跟她们分开。一列条纹组成的影子,包括我自己,在满是灰烬的天空下爬行；那种无处不在的油烟渗进我身体的每个细胞,渗进我最后的梦想。

我的小家伙,这些完全是因为某些人,差不多是和我们一样的人,想让我死。他们视我为害虫,要像虫子或蟑螂那样消灭掉,好给这个世界消毒,保持清洁。你能像讨厌一只昆虫一样讨厌一个人吗?不能。他们冷冰冰地研究好必要的技术和程序,摆好所有机器,这样我就可以无名无姓地死在粪便和泥浆中,就算他们的阴谋被挫败,但差点就得逞了,我也被他们折磨得伤痕累累。

哦,我的小家伙,我不是世界上最好的母亲,也永远不会成为世界上最好的母亲；我本来可以成为的那个人,纯洁、天真、年轻又充满自信的那个人,在地狱熬过两年之后,已经飞走了。也许我永远都无法把她找回来,我身上的伤太深了。

我怎样才能保证,当时间一天天过去,你不会因为我的负担太重而被压垮?我现在做不到,也不愿意向乐团朋友之外的任何人谈起此事,我能倾诉的只有芬妮和伊莲娜。对于那些无法理解那段往事的人,我要怎样跟他们谈起这件事呢?他们怎么能理解我呢?我几乎就像别的星球,别的时空来的人,我们的语言甚至都不相通。除了这空洞的言语发出的声音之外,我的饥饿和他们的饥饿会一样吗？我的恐惧和他们的恐惧，我的疲劳和他们的疲劳会一样吗？他们怎么能理解，那好像沙漏中流淌、永远没有尽头的夜晚，一秒又一秒，我的生命就这样慢慢溶解？

对我来说，敞开心扉，松开紧箍在我脖子上的绳索，可能会是一种解脱。我是否可以唤醒内心深处的那些感觉，冒着让亲人痛苦的风险，将这一切压到他们身上？最终，他们也无能为力，也许除了换来他们的难以置信之外，甚至换来他们的怜悯，让我半死不活之外，他们帮不了我。

这个世界仍然有我说不出口的东西，就像痛苦的死结，就像解答不了的问题。有时，它会突然袭来，就像抽筋一样；有时，它会像没有结疤的伤口一样，切割着我，不肯离去。也许现在是该一环一环地解开这条囚禁我的链子了。我的婚姻，你的出生，你的需求，也许会重新让我变得乐观——我的儿子，这是你的另一种负担！会不会有那么一天，我不再需要为别人牺牲自己，也不再需要依靠别人，哪怕他们是我最亲的亲人？哪怕你无能为力，我也能做到冒险把这种难以言语的感受告诉你？

从现在开始，我只能做一件事。尽管我不再祈祷，但我必须祈祷你有时间和空间成长，尽可能远离恐怖、内疚和困惑。我将死死守着那些压在我心头的东西，冒着危险，活在你和我的幻觉、噩梦还有死亡幻象的中间地带,你代表着真实,是我生命中唯一在乎的珍宝。我只希望你足够强大,把我拉到你身边。

我不能动,不能做任何可能让疼痛再次袭来的事情;那疼痛就像睡着之后会消失,但醒来后又会出现的牙痛,但我坚信这种疼痛会自己消失,就像慢慢烧尽的火一样。也许付出这个代价,我就能够保证,我的儿子,还有你,我的丈夫,不会闻到仍然在我心口萦绕的,灰烬的味道。

奥斯维辛集中营女子管弦乐团成员[17]

乐团指挥

佐菲亚·柴可夫斯卡	波兰	1943年4月	1943年8月	
1945年1月前担任牢房头目				
阿尔玛·罗斯	奥地利	1943年8月		犹太人
死于奥斯维辛集中营			1944年4月	
索尼娅·维诺格拉多娃	俄罗斯	1944年4月	1944年10月	
先担任钢琴手后担任指挥			1945年1月	

---

[17] 由于缺乏准确信息,该名单未包括乐团所有成员。

小提琴手

伊莲娜·韦尔尼克				
（大伊莲娜）	比利时	1943年6月	1944年10月	犹太人
海伦娜·杜尼茨	波兰	1944年10月	1945年1月	
莉莉·马特	匈牙利	1943年7月（？）	1944年10月	犹太人
雅德维加（"维莎"）·扎托斯卡	波兰	1943年4月	1945年1月	犹太人
伊雷娜·拉戈夫斯卡	波兰	1943年6月	1945年1月	
维奥莉特·齐尔伯斯坦	法国	1943年5月	1944年10月	犹太人
埃尔莎·米勒	比利时	1943年5月	1944年10月	犹太人
佐菲亚·西科维亚克	波兰	1943年5月	1945年1月	
伊莲娜·朗德尔				
（小伊莲娜）	法国	1943年9月	1944年10月	犹太人
伊比（？）	匈牙利	1944年4月		犹太人
死于比克瑙			1944年9月（？）	
朱莉·斯特劳姆扎				
（小朱莉）	希腊	1943年8月（？）		
死于比克瑙			1944年（月份不详）	犹太人
小芬妮	法国	1943年（月份不详）	1944年10月	犹太人

临时小提琴手

亨利卡·查普拉	波兰	1943年6月		
后被转移，据克劳德·托里斯称			1943年9月	
亨利卡·加拉兹卡	波兰	1943年5月		
后被转移，据克劳德·托里斯称			1943年8月	
玛丽亚·拉格菲尔德	波兰	1943年4月	1943年8月	
希尔德·格林鲍姆				
（后担任抄写员）	德国	1943年4月	1944年10月	犹太人

大提琴手

玛丽亚·克罗纳	德国	1943 年 5 月		犹太人
死于比克瑙			1943 年 8 月	
安妮塔·拉斯克	德国	1943 年 11 月	1944 年 10 月	犹太人

低音提琴手

伊薇特·阿萨埃尔	希腊	1943 年 5 月	1944 年 10 月	犹太人

曼陀林手

纳莎（？）	波兰	1943 年 4 月	1943 年 12 月	
拉凯拉·奥莱夫斯基	波兰	1943 年 4 月	1944 年 10 月	犹太人
芬妮·科恩布鲁姆				
（大芬妮）	比利时	1943 年 7 月	1944 年 10 月	犹太人
奥尔佳（？）	乌克兰	1943 年 8 月	1945 年 1 月	
大朱莉	希腊	1943 年 4 月（？）	1944 年 10 月	犹太人

临时曼陀林手

卡齐米拉·马利斯	波兰	1943 年 6 月	1943 年 8 月	
玛丽亚·莫斯	波兰	1943 年 4 月	1943 年 8 月	
伊雷娜·瓦拉什齐克	波兰	1943 年 6 月	1943 年 8 月	
海伦娜·"齐皮"·蒂绍尔	捷克			犹太人
死于比克瑙，据海伦娜称		1943 年（月份不详）	1943 年（月份不详）	

吉他手

布罗尼亚（？）	乌克兰	1943 年 5 月	1945 年 1 月（？）	
舒拉（？）	乌克兰	1943 年 4 月	1945 年 1 月（？）	
玛格特·维特罗夫佐娃	捷克	1943 年 7 月	1944 年 10 月	犹太人
斯特凡尼亚·巴鲁克	波兰	1943 年 4 月	（？）	犹太人

长笛手

洛拉"夫人" 　或称克罗纳阿姨	德国	1943 年 7 月	1944 年 10 月	犹太人

竖笛手

露丝·巴辛	德国	1943 年 4 月	1944 年 10 月	犹太人
卡拉·瓦根伯格	德国	1943 年 4 月	1944 年 10 月	犹太人
西尔维亚·瓦根伯格	德国	1943 年 4 月	1944 年 10 月	犹太人

手风琴手

埃斯特·罗伊 　后转移至拉文斯布吕克集中营	德国	1943 年 5 月	1943 年 8 月	犹太人
莉莉·阿萨埃尔	希腊	1943 年 5 月	1944 年 8 月	犹太人
弗洛拉·施里弗斯 　也曾担任克雷默孩子的家庭 　教师几个星期	德国	1943 年 8 月	1944 年 10 月	犹太人

钢琴手

达努塔（丹卡）·科拉科娃 后担任铙钹手	波兰	1943 年 4 月	1945 年 1 月
阿拉·格雷斯	苏联	1943 年 12 月（？）	1945 年 1 月

打击乐器手

赫尔加·希斯尔	德国	1943 年 8 月	1944 年 10 月	犹太人

歌手

玛丽亚·别利茨卡	波兰	1944 年 5 月	1945 年 1 月	
克莱尔·莫尼斯	法国	1944 年 1 月	1944 年 10 月	犹太人
多里斯（？） 死于比克瑙	德国	1943 年 8 月	1943 年 11 月	犹太人
法尼亚·费内隆	法国	1944 年 1 月	1944 年 10 月	
洛特·莱贝多瓦	捷克	1943 年 8 月	1944 年 10 月	犹太人
伊娃·斯托约夫斯卡 据海伦娜称	波兰	1943 年 11 月	1944 年 11 月	
贾妮娜·卡林辛斯卡	波兰	1944 年 12 月	1945 年 1 月	
伊娃·斯坦纳	匈牙利	1944 年 6 月（？）	1944 年 10 月	犹太人

助手（牢房勤务员/勤杂工）

雷吉娜·卡普伯格	波兰	1943 年 8 月（？）	1944 年 10 月	犹太人

临时助手（牢房勤务员）

斯特法尼亚（法尼亚夫人）、巴鲁克、玛丽亚·兰根菲尔德（截至1945年1月）

抄写员

阿拉·格雷斯
法尼亚·费内隆
卡齐米拉·马利斯
玛丽亚·莫斯
雷吉娜·卡普伯格
玛格特·维特罗夫佐娃
希尔德·格林鲍姆

乐团部分演奏曲目

声乐作品

H. 柏辽兹： 《拉科奇进行曲》
A. 德沃夏克： 《德沃夏克》
 《两分钟彼得·克鲁德》
A. 凯特尔比： 《波斯市场》
F. 莱哈尔： 《风流寡妇》（选段）
G. 罗西尼： 《贼鹊》（序曲）
 《舞之曲》
J. 施特劳斯： 《蓝色多瑙河》
 《皇帝圆舞曲》
F. 苏佩： 《轻骑兵》

小提琴和声乐作品

J. 勃拉姆斯： 《匈牙利舞曲》

V. 蒙帝：　　　　　　　　　　《查尔达什舞曲》
P. 萨拉萨蒂：　　　　　　　　《流浪者之歌》

独唱声乐作品

A. 阿拉比耶夫：　　　　　　　《夜莺》
F. 肖邦：　　　　　　　　　　《E 大调第三号练习曲》
F. 莱哈尔：　　　　　　　　　《朱迪塔》（又名《朱迪思》）
　　　　　　　　　　　　　　《风流寡妇》（选段）
　　　　　　　　　　　　　　《布达佩斯的朱利斯卡》
G. 普契尼：　　　　　　　　　《蝴蝶夫人》（选段）
G. 威尔第：　　　　　　　　　《弄臣》

译后记

奥斯维辛集中营——纳粹的"死亡工厂",四年半的时间共有超过150万人在此被纳粹处决。1945年1月27日苏联红军解放这座死亡魔窟的时候,整座集中营幸存者仅7000多人。相比之下,奥斯维辛女子管弦乐团共40余人,只有六人没能活着出去,大部分成员都逃出生天,活了下来。

作者让-雅克的母亲也是乐团幸存者中的一员。然而,让-雅克在生命中很长一段时间都认为母亲的这种"存活"只是生理意义上的存活,她仍然没能逃出奥斯维辛和比克瑙那段说不出口的岁月，她的灵魂依然留在比克瑙。带电的铁丝网、瞭望塔、焚尸炉、穿着条纹囚服像行尸走肉一样挪动的队伍，死去的人、活下来的人、后来死去的人，化成禁锢人灵魂的条状图像，熔成一团令人窒息的岩浆，将母亲人生的一部分永远困在那铅灰色天空、黄色烟尘与大片土地连成一片的集中营世界里。

本书的开篇，正是这样的色调——噩梦连连的童年、梦中熊熊燃烧的城市、分崩离析的家庭、作者内心飘摇的宇宙、纳粹用斧头在家族历史上砍下的缺口、空有躯壳没有灵魂的小提琴，一字一句都在控诉着令人窒息到说不出口的"那段历史"。

《安妮日记》舞台剧在德国上映时，孩提时代的让-雅克曾跟母亲去剧院观看，母亲在那一天、那一刻曾提起几句，说她自己也像安妮一样被驱逐到贝尔根-贝尔森集中营，感染了斑疹伤寒，差点丧命在那里。但除了这一次的寥寥数语，母亲一生都对那段往事保持沉默，绝口不提。而这种沉默，横亘在这对母子之间，就像凿子在身上凿挖一样让作者痛苦不已。

奥斯维辛集中营女子管弦乐团幸存者之一的希尔德说："当你被关进奥斯维辛之后，你永远无法身心完整地出来。要是你没被关进那里，你就永远无法真正理解……"

哪怕让-雅克在走访了多位乐团幸存者，听她们讲述集中营牢房里有笑有泪的故事之后，他也表示，自己仍然无法真正理解，无法真正感同身受。

是啊，这名奥斯维辛集中营女子管弦乐团的第二小提琴手，如何能向自己的儿子开口？如何才能在聆听《蓝色多瑙河》时，不会想起集中营里那令人心惊胆战的狼狗吠叫声？如何在听到《里戈莱托》时，不会想起奥斯维辛集中营大门外的坡道上，那么多以为自己来到了劳工营，却很快被送往毒气室毒死的囚犯？如何才能在把《卡门》的唱片放进唱片机时，不会想起那装模作样的肥皂和盥洗室，还有那些在被送进毒气室前被纳粹脱光衣服的囚犯？如何才能在重新拾起曾经心爱的小提琴时，不会想到那些一头撞向带电的铁丝网，在噼里啪啦一阵火花中死去的狱友？如何才能抛下自己是站在一排排尸体上跳舞的念头？

母亲说不出口，让-雅克也问不出口，一直到家族成员之一的舅舅亲口告诉他，他的母亲也曾被关押进奥斯维辛。母亲已经去世近四分之一个世纪，让-雅克也越来越强烈地渴望了解曾在那一幕幕一帧帧的历史镜头下活过的母亲，他不想让奥斯维辛女子管弦乐团的故事湮没在历史的尘埃中，于是决定与乐团一些幸存者"合作"，挖掘那段历史，写一本书或者拍一部电影。

让-雅克曾看过女子管弦乐团幸存者法尼亚·费内隆的作品，书中出现他母亲的每一页，他都看过。但在法尼亚·费内隆的笔下，母亲几乎一解放就去了美国，在美国结婚，不久后去世。

法尼亚·费内隆对自己母亲解放后的事迹的曲解，让让-雅克对那本书的可信度产生了疑问，对根据那本书所改编的电影《集中营血泪》也心存微词。

"我不是历史学家，只是某个人的儿子。"所以让-雅克希望听那些跟母亲一起在集中营度过两年岁月的乐团成员，讲一讲发生在母亲身上的真实的故事。

然而，让-雅克的这个走访项目的意义又不仅于此。

他让世人看到了阿尔玛在奥斯维辛的最后岁月——这位天才小提琴家如何在纳粹非人的折磨下高昂着头颅，如何在离焚尸炉不到100米的牢房里，亲手为管弦乐团的几十个女孩建造起用音乐避难的世界，就像在地狱中打开一扇小小的希望之窗。

他让伊莲娜重新演绎了《恰空舞曲》——那个身处奥斯维辛地狱、泪水涟涟、心心念念想着小提琴的女孩，赤脚站在深渊的泥潭中，用勇敢决然的心，用自由自在的音符，带领乐团女孩"逃离"集中营，又一次短暂地回到正常的人道世界。

他让管弦乐团女孩们在地狱中的团结互助精神得以永续。当乐团成员安妮塔因为痢疾拉到脱水之后,其他女孩都愿意把自己能找到的任何一口食物,包括汤水里的土豆渣都拿来给她。要知道那是母亲会抢自己孩子的口粮、囚犯甘愿用一袋钻石换取一颗生土豆,甚至连囚监都吃不饱饭的疯狂世界。用自己生命所需的热量去支撑一位朋友的生命,是多么炽热又多么珍贵的人道主义光芒。

他让世人看到了曾经活在奥斯维辛地狱中的那群女孩子,每天如何一口饮下欢笑与恐怖的鸡尾酒。有人说管弦乐团在集中营演奏音乐是一种享受,让-雅克质问道:"你能想象舒伯特或德沃夏克在奥斯维辛的样子吗?有些人甚至说她们在演奏中获得了乐趣,你能想象有人在奥斯维辛觉得享受吗?"

正是音乐救了她们的命。活下去,活着出去,活着过好每一天,才是胜利,否则奥斯维辛就成了永远的赢家。

当乐团这群十几岁、二十几岁的女孩子在奥斯维辛的牢房里,在某个夜晚接受纳粹点名之后,心血来潮地举办起"选美比赛"。"谁的双唇最丰盈、谁的眼睛最漂亮、谁的双腿最修长、谁的胸部最挺拔、谁的脸蛋最美丽,投票按照掌声的热烈程度决定。"越是灿烂地、鲜明地,越是像那个年龄的女孩子一样叽叽喳喳地争论谁最好看谁最美,越是像正常世界的正常人一样活着,哪怕一个晚上,哪怕几分钟,纳粹便越是无法夺走她们被铁丝网围起来的、被盖世太保按下暂停键的青春!

她们"厚着脸皮"自嘲,大大方方地拿自己在焚尸炉里烧出来的火焰颜色来开玩笑;她们在纳粹"大发善心",一年难得一次走出集中营放风时,在池塘里涉水而行,互相泼水嬉戏;她们在牢笼里讨论自由是什么,维奥莉特的自由是个"鲜美多汁又有点酸的青苹果",而伊莲娜的自由则是"炒鸡蛋和刚刚出炉的皮斯托莱小面包"——当个正常世界的平凡人,想吃苹果就吃苹果,想吃炒鸡蛋就吃炒鸡蛋,想吃小面包就吃小面包,家里有烤蛋糕的味道,家里有生活的烟火气,大概就是和平最美、最实在的释义。

让-雅克经常哀叹一件事——天才小提琴家阿尔玛湮没在死去的百余万人中。要是像阿尔玛这样的人还活着,他们的子孙后代会有多少人成为艺术家、作家和医生?他们就这样死去,世界又会有多少种精彩将是我们永远无法欣赏到的?这样的假设让人心痛不已,尤其是查找资料时,看到照片中浑身洋溢着平和、自信与傲气的阿尔玛,曾经开着敞篷车在公路上自由自在徜徉的模样,曾经带领自己的乐团在欧洲巡演,曾经修长的手指那么恰到好处地放在小提琴的琴弦上……他实在控制不住自己不去咒骂纳粹都干了些什么。可惜天才艺术家已逝，早在1944年那个春天，跟无数其他囚犯一样化作了一缕烟尘。

"纳粹想篡改过去，从生理上屠杀几代人，毁掉受难者曾经生活的地方，抹去他们在民事档案中活过的痕迹，让他们死得无影无踪。纳粹最大的恶就是将家族叙事和幸存者后代的记忆都转移到奥斯维辛集中营掐灭，可是虽然纳粹万般阻扰，那些像我一样的幸存者后代，还是出生了。"

当让-雅克的母亲，这个纳粹旨在消灭的一切——一个女人，一个犹太人，后来还生了孩子，这就是胜利，这就是对纳粹屠杀和大规模绝育的最好反抗，这就是生命的意义。作者解救了母亲，完成了这次痛与泪交织的"家族叙事"，他对母亲那段往事的追寻以及乐团其他成员的叙述，本身就已经反抗了纳粹最大的恶。

译到最后，看到伊薇特的儿子跟随某交响乐团参加巡演，莉莉的儿子成为大提琴家，伊薇特的孙子也表现出了极高的音乐天赋，另外在查阅资料的过程中，看到让-雅克继承母亲的天赋，成为某摇滚乐团的吉他手，我压抑的内心感到些许的释放，伴随着深呼吸由衷地松了一口气。本书开篇那天空的霾，好像也被风吹散。我知道，这些奥斯维辛的小提琴手、手风琴手、曼陀林手、低音提琴手和钢琴家，绝不仅仅是生理意义上的存活，她们血液里流淌的音符，带着对和平与和谐的向往，飘向了更远的下一代，一代又一代。

魏　微

2023年6月28日　于南宁